CHRYSALIDE

Micol Ostow

RIVERDALE

IL GIORNO PRIMA

Traduzione di Alice Casarini

MONDADORI

Questo libro è un'opera di fantasia. Personaggi e luoghi citati sono invenzioni dell'autore e hanno lo scopo di conferire veridicità alla narrazione. Qualsiasi analogia con fatti, luoghi e persone, vive o scomparse, è assolutamente casuale.

librimondadori.it
mondichrysalide.it
anobii.com

ISBN 978-88-04-70937-4

Italian-language edition published by Mondadori Libri S.p.A., by arrangement with Scholastic Inc., 557 Broadway, New York, NY 10012, USA.

Titolo dell'opera originale
Riverdale - The Day Before
I edizione aprile 2019

Anno 2019 - Ristampa 3 4 5 6 7

RIVERDALE

PROLOGO

JUGHEAD

Riverdale è nota come "la città piena di brio". Ma se restate qui abbastanza a lungo, comincerete ad accorgervi che i sorrisi impostati in realtà nascondono tanti di quegli scheletri che l'armadio di Narnia basterebbe appena. Certo, ogni cittadina ha i suoi segreti... ma anche noi che siamo cresciuti qui, che abbiamo passato tutta la vita a Riverdale, restiamo sconvolti da ciò che sta uscendo dal vaso di Pandora.

Credetemi, ne so qualcosa. Ultimamente mi sono reso conto che tutte le persone a cui voglio bene sono intrappolate in una serie infinita di melodrammi in stile David Lynch.

Riverdale è anche una cittadina di tradizioni alla Norman Rockwell: il banchetto di mezzanotte a base di pancake in pieno inverno, con il gelo che disegna ricami sulle finestre del municipio e il fiato che si condensa in sbuffi quando (o meglio, se) ci azzardiamo ad avventurarci fuori. Oppure il weekend di benvenuto del Liceo di Riverdale, un evento praticamente già pronto per una serie tv, con il suo culto dei capisaldi della tradizione americana: il football, il ballo e l'orgoglio cittadino.

Ma la mia ricorrenza preferita (a dire il vero, l'unica che abbia qualche significato per me) è l'annuale Summerfest del quattro luglio. Di solito io, Betty e Archie andiamo insieme alla fiera, ci ingozziamo di hot dog e zucchero filato e ci sfidiamo al *dunk tank* cercando di far cadere il tizio nella vasca sottostante (Betty ha sempre avuto la mira migliore). La sera io e Archie ce ne andiamo a vedere i fuochi d'artificio di Centerville mentre Betty rimane a guardare quelli di Riverdale con sua sorella Polly (non le ha mai dato fastidio fare la terza incomoda con Polly e, ultimamente, il fidanzato Jason, perennemente appiccicato a lei). La Summerfest è semplicemente la nostra tradizione, quello che abbiamo sempre fatto. Io e Archie abbiamo cominciato ad andarci prima ancora di imparare a camminare, ci portavano i nostri genitori. Betty si è unita a noi verso la prima elementare. Da allora è un appuntamento fisso.

O forse dovrei dire che lo era.

Perché quest'estate è tutto diverso. Betty è a Los Angeles ad affinare le sue doti di scrittura con un tirocinio presso "Hello Giggles" (per tacere del fatto che Polly e Jason si sono lasciati con un litigio epico, tipo *Guerra dei Roses*). Archie è impegnato con il lavoro in cantiere per suo padre...

Sinceramente non è che l'abbia visto tanto ultimamente. Non so. Non chiedetemi di parlarne.

Quanto a me, finora la mia estate è stata come al solito. La sera lavoro al drive-in Twilight per tirar su qualche soldo e starmene fuori di casa e lontano da mio padre...

Tenermi fuori dai piedi è quello che mi riesce meglio: osservo le cose da lontano e le scrivo.

Nel frattempo, anche se all'epoca nessuno di noi lo sapeva, a New York una ragazza dell'alta società di nome Veronica Lodge stava inconsapevolmente vivendo il suo episodio personale di *Gossip Girl* grazie al conto in banca senza fondo del suo paparino, Hiram Lodge. I genitori di Veronica avevano vissuto a Riverdale... ma questo non aveva niente a che vedere con noi.

O almeno così credevamo.

Per il cosiddetto effetto farfalla, anche eventi minimi possono avere effetti imprevedibili... e catastrofici. Una sola azione, una cascata di conseguenze. Uno sviluppo che nessuno può prevedere.

Ecco com'eravamo quell'estate. Archie, Betty, Veronica e io. Era il tre luglio. Il giorno di festa si stagliava davanti a noi come una promessa infranta. Le nostre vite sembravano separate, ma erano già intrecciate in modi che non avremmo mai immaginato. Non eravamo che stupide farfalline che agitavano le ali alla cieca.

Parte I

MATTINA

Da: DDoiley1@AdventureScouts.net
A: [mailing list: Tutti_gli_scout_ML]
Oggetto: Elenco provviste per uscita notturna

A tutti gli scout di Riverdale:

Spero che siate prontissimi per il campeggio di stanotte (non sareste i miei scout se non sapeste che dovete essere sempre preparati per ogni evenienza!) Di seguito trovate l'elenco completo delle cose da portare:

*zaino con telaio esterno
*tenda
(non dimenticate i picchetti, i tiranti e l'apposito tappeto! Il terreno nei boschi dello Sweetwater River può essere molto fangoso)
*sacco a pelo (con eventuale fodera termica)
*attrezzo multiuso (niente *coltellini*, come da regolamento del capo scout)
*torce (con batterie extra)
*costume da bagno
*sandali impermeabili
*biancheria, pigiama e calzini lunghi per dormire
*borraccia
*barrette energetiche o altri snack
*protezione solare
*burrocacao
*carta igienica
*repellente per insetti
*spazzolino e necessaire da viaggio in base alle vostre esigenze

Io porterò il **kit di pronto soccorso**. Potete portare anche la **macchina fotografica**, il **binocolo** e la **guida ai boschi dello Sweetwater River** qui allegata (anche se ormai dovreste conoscerne bene la topografia).

Preparatevi per due camminate impegnative: la prima stasera, per raggiungere il luogo dove ci accamperemo, e la seconda domattina all'alba. Coloro che riusciranno a identificare correttamente determinate specie di flora e fauna durante una o entrambe le escursioni riceveranno dei distintivi.

Sono felice di passare questo giorno di festa con degli apprendisti scout competenti come voi! Fatemi sapere se avete domande.

Cordiali saluti,
Capo scout Dilton

Cheryl:

Jay-Jay, sappi ke papà t sta cercando. È sul piede di guerra. Tieni 1 profilo basso, ma prima o poi dovrai affrontarlo.

Jason:

Grazie, lo farò. C vediamo presto?

Cheryl:

Sto arrivando. Ovviamente ho appena schivato il nostro paparino. XOXO

1

BETTY

Caro diario,

non riesco a credere che sia già il quattro luglio! È stranissimo festeggiarlo qui a L.A., lontano da Polly, Archie e Jughead. Non ricordo quando è stata l'ultima volta che ci siamo persi la Summerfest di Riverdale. Dev'essere stata l'estate in cui Archie si è rotto il braccio costruendo una casetta sull'albero con Jughead e siamo rimasti in salotto tutto il giorno a leggere fumetti e mangiare ghiaccioli bianchi, rossi e blu. Avevamo tutti la lingua viola acceso e Juggie si è pappato tre ghiaccioli per ognuno di quelli che mangiavamo io e Archie. Ma è stato moltissimi anni fa.

Ovviamente mi manca Riverdale, e anche i miei amici. Ma L.A. è INCREDIBILE. La casa di zia Gertrude avrà anche un odore strano (di qualunque cosa si tratti, credo davvero che ormai le pareti ne siano impregnate; è uno strano mix di aglio e sapone da vecchia signora), ma si trova proprio al margine del Runyon Canyon, dove riesco a fare una camminata ogni mattina prima del lavoro. La vista è pazzesca, inebriante. Non c'è niente del genere a Riverdale.

Il tempo è splendido, il barista del Blackwood Coffee ormai conosce i miei gusti (caffè filtrato con latte e due bustine di zucchero)... E poi c'è un'altra cosa...

Certo, mi manca Polly, ma stare lontano dalla mamma per la prima volta...

Be', non è affatto male.

Ovviamente le voglio bene e so che lei ne vuole a me, ma pretende di controllare tutta la mia vita. Per la prima volta mi pare di avere un minimo di indipendenza… e non è per niente una brutta sensazione.

E poi adoro lavorare da "Hello Giggles", anche se devo ancora conquistare la mia capa, ovvero la redattrice che cura gli approfondimenti, Rebecca Santos. Non so se pensa che sia una provincialotta o roba del genere, ma in ogni caso non le ho ancora fatto una grande impressione.

So che sono l'ultima arrivata, che non sono di qui e che probabilmente di tutto lo staff sono quella che ha meno esperienza, ma finora Rebecca mi ha fatto solo svolgere commissioni, tipo andarle a prendere il caffè, coordinare le riunioni, spedire pacchi… roba da galoppina, insomma.

Cioè, adoro comunque questo lavoro, ma le uniche cose che ho scritto sono state le etichette delle cartelline. Rebecca vuole che scriva prima a matita e poi ripassi le etichette con un pennarello indelebile. Certo, lei *potrebbe* avere qualche tendenza ossessivo-compulsiva, ma in ogni caso questa non è propriamente la strada che mi porterà al premio Pulitzer.

Se non altro però Rebecca mi tiene impegnata. È un'ottima cosa, per un sacco di motivi… non ultimo il fatto che mi impedisce di soffermarmi sulla parte peggiore dell'estate qui a L.A.: non essere con i miei amici per il quattro luglio.

Oh, diario, chi voglio prendere in giro? La parte peggiore è non essere con *Archie*.

Polly:

Ehi, sorellina. C 6? Voglio news! E + dettagli su questo Grande Brad d cui parli. Sembra molto… poco Archie. Nn può che essere 1 bene. Mi manki.

Betty:

Anke tu! Ma chiamalo "Brad" e basta. TI PREGO :-)
E in effetti nn è x niente come Archie. In senso buono…
ma anke in senso negativo.

Il "Grande Brad". È stato lui a presentarsi così. Era volutamente allusivo, non sono riuscita a trattenermi dal ridere, che immagino fosse il suo scopo.

L'ho conosciuto durante la mia seconda settimana qui. Stavo finalmente cominciando ad abituarmi all'energia di L.A.: il traffico folle, le ore passate in tangenziale ogni santo giorno, tutti i giorni, il tempo sempre identico (no, sul serio, qui nessuno sa cosa fare nei rari momenti in cui piove; andrebbero tutti FUORI DI TESTA se dovessero affrontare un inverno a Riverdale, anche se da noi c'è abbastanza sciroppo d'acero da permettere all'intera città di seguire la dieta Master Cleanse della limonata per sempre). E poi il fatto che anche le persone normali sembrino un po' delle celebrità... magari stanno per diventarlo, in fondo. Mi sentivo ancora la ragazzina di paese approdata nella grande città... e come poteva non essere così? *Tutti* i miei vestiti hanno qualche tipo di fantasia a fiori. Come avere appeso in fronte un cartello che dice TURISTA... oppure ALIENA. Ma stavo cominciando ad abituarmi ai ritmi della città, e anche se mi sentivo ancora straniera iniziavo a essere a mio agio.

Polly continuava a mandarmi messaggi per chiedermi dei ragazzi di L.A. e io continuavo a rispondere che i ragazzi di solito non mi notano. Sono "quella dolce". La ragazza della porta accanto. E l'unico che vorrei che mi notasse da secoli indubbiamente è legato a me... ma probabilmente non nel modo che sogno io. Per lui sono *letteralmente* la ragazza della porta accanto.

(Non so cosa provi per me, ho sempre avuto troppa paura di chiederglielo.)

Dicevamo, era un venerdì estivo e Rebecca mi aveva chiesto di andare a prendere del sushi per l'ufficio (maki con tempura di gambero di roccia, riso integrale, maionese extra piccante a parte e un'insalata di alghe hijiki... sapevo già a memoria le preferenze di Rebecca). Ma anche se avevo ordinato per telefono, il titolare mi disse che ci sarebbe voluto un po', così tirai fuori il mio libro (*L'occhio più azzurro*, ovviamente quello che rileggo più volentieri) e mi sistemai sull'erba dei Maguire Gardens, un posto perfetto per osservare la gente.

Era uno di quei giorni che hanno persino il profumo dell'estate: tutto verdissimo e fiorito, il cielo di quel blu che si vede solo nelle foto professionali. Ma questa era proprio la vita reale. Hashtag: #nofilter.

All'improvviso mi apparve un'ombra sulla pagina. «Lettura estiva, eh?»

Alzai gli occhi. Era un ragazzo più o meno della mia età, vestito casual, con una T-shirt e i pantaloni cargo, con i capelli biondo cenere da surfista. Mi stava facendo un sorrisone da pubblicità del dentifricio.

Arrossii. «So che non è propriamente una lettura di evasione, ma è la mia autrice preferita» risposi. Eufemismo del secolo: Toni Morrison è il mio IDOLO. "Hello Giggles" sta organizzando un firmacopie quest'estate e io darei qualsiasi cosa per partecipare. Da quando l'ho scoperto, continuo a lanciare segnali "sottili"... tipo portare sempre con me uno dei suoi libri.

«Se questa è la tua lettura di evasione, ti servirà un'altra via di fuga» disse lui. Quando sorrideva, gli si increspavano gli angoli degli occhi.

«E tu cosa mi proponi?» chiesi. Stavo flirtando? Magari la Betty di L.A. era in grado di flirtare. La Betty di Riverdale aveva un po' di cose da imparare da lei.

Gli occhi gli si incresparono di nuovo. «Speravo proprio che me lo chiedessi. Il mio primo suggerimento è che lasci che sia io a coordinare le tue attività ricreative.» Probabilmente avevo fatto una faccia sorpresa, perché il ragazzo aggiunse: «O magari andiamo semplicemente a cena. Una cosa tranquilla. Giuro che non sono un maniaco omicida. Sul serio».

«Mmh.» Feci finta di rifletterci. «Be', se non sei un maniaco omicida... Mi piacciono le cose tranquille, in effetti.»

«Vedi? Siamo anime gemelle.»

"Anime gemelle." Per un attimo visualizzai la zazzera rossa di Archie, le sue lentiggini e i suoi occhioni di un verde profondo. Ma anche se io e Archie andiamo sempre a mangiare insieme da Pop's, quei pranzi e quelle cene non si potrebbero mai scambiare per dei veri appuntamenti.

«Ecco qui il mio cellulare. Mi dai il tuo numero?» Mi passò il telefono, poi aggrottò le sopracciglia. «Oh, e anche il tuo nome non sarebbe male. Mi sa che ho corso un po' troppo.»

Scoppiai a ridere. «Mi chiamo Betty. Betty Cooper.» Presi il telefono che mi porgeva e mi lasciai sfuggire un gemito quando notai l'ora. Ormai la tempura di gambero di roccia di Rebecca doveva essersi raffreddata. Cavoli. Digitai il numero più in fretta che potei, afferrai le mie cose e mi voltai per andarmene. «Scusa se scappo così, ma ho... il tirocinio...»

«Non c'è problema. Mi racconterai tutto. A cena.»

Feci un sorriso, chiedendomi se anche a me si increspavano gli angoli degli occhi. «A cena.»

«Oh, a proposito, sono Brad. Oppure, visto che immagino che lo stile di vita della California del Sud sia nuovo per te, puoi chiamarmi Grande Brad.»

Lo squadrai. «Okay, ma posso anche non chiamarti così?» Riecco la Betty di L.A., pronta a flirtare! Sconvolgente... ma anche divertente.

«Betty Cooper, puoi chiamarmi come vuoi. Ma forse è meglio che torni al lavoro prima che il tuo capo ti becchi a rimorchiare i surfisti in pausa pranzo.»

Da: KweenKatJosie@Pussycats.net
A: [mailing list: Bad_Kitties]
Oggetto: Set list per domani

Mie sublimi dee/sorelle/cantanti,

grazie a entrambe per aver spaccato alle prove ieri. Siamo il top, chiaramente.

Non dimenticate che domani ci troviamo a scuola alle 14 in punto per un altro round di prove prima del super concerto di domani sera nella piazza del municipio. Vi allego la set list. Dateci un'occhiata, mandatemi i vostri commenti e preparatevi a difendere gli eventuali cambiamenti che suggerite.

Domani ci vediamo in piazza alle 16 per il sound check. Mi raccomando la puntualità, signore. Se anche non ci interessasse arrivare in tempo alla proiezione annuale di *Independence Day* al Twilight (ma Jughead Jones crede di essere spiritoso?), come vuole la tradizione delle Pussycats, ci serve del tempo per i festeggiamenti pre-concerto.

Ultima cosa, ma non per importanza: se vedete Reggie Mantle in giro, vi suggerisco di stargli alla larga. Si è offerto di fare da "manager" alle Pussycats. *Non* lasciatevi bloccare da lui, a meno che non vogliate farvi venire un bel mal di testa. E noi non possiamo permetterci le emicranie!

Baci graffianti,
J

2

JUGHEAD

La roulotte è sempre il massimo della repellenza (o forse dovrei dire "dello squallore chic"?) di prima mattina; peccato che io per natura sia uno che si alza presto. Il microscopico raggio di luce che lotta per infilarsi tra le finestre da casa delle bambole riesce soltanto a gettare ombre sui mobili di seconda mano ormai cadenti e a illuminare fino all'ultimo accumulo di polvere negli angoli. Praticamente è un omaggio artistico all'incuria.

Quella mattina non era diversa dalle altre. L'aria era impregnata di fumo di sigaretta stantio e dell'odore della birra da due soldi. Mi tirai faticosamente su a sedere sul divano: il fatto che fossi rientrato prima di papà la sera precedente significava che mi ero potuto prendere il divano, il che era in assoluto il minimo che potessi fare, lasciando la camera da letto a lui. Mi sono guardato intorno.

La roulotte era vuota. E dava anche *la sensazione* di vuoto, di uno spazio negativo che rimanda l'eco e che non si riesce bene a descrivere, ma si capisce d'istinto. In certi luoghi il senso di vuoto ti penetra nelle ossa.

Il fatto che fossi rientrato prima di papà significava anche che lui era rimasto fuori fino a tardi. E quello a sua volta significava...

Be', niente di buono.

I litigi continui dei miei genitori erano terribili; mi venivano i crampi allo stomaco quando li vedevo gridarsi contro, in particolare davanti a Jellybean, che era visibilmente scossa. Ma almeno quando la mamma urlava dietro a papà, anche se era orribile per me e Jellybean, voleva dire che i nostri genitori erano nello stesso posto, insieme.

«Sarà solo per qualche tempo» mi aveva detto la mamma, un attimo prima di caricare una valigia logora nel bagagliaio di una macchina di seconda mano ancora più scassata, agganciare la cintura a Jellybean sul sedile posteriore, anche se mia sorella insisteva che era grande abbastanza per stare seduta davanti, e mettersi in strada. «Solo finché tuo padre non si rimette in sesto.» Come se "rimettersi in sesto" fosse facile, un elenco di azioni dettate dalle convenzioni sociali che mio padre potesse eseguire una dopo l'altra finché a un certo punto, in qualche modo miracoloso, sarebbe tornato a posto.

Come se lo fosse mai stato.

Non che non volessi avere fiducia in lui. O in entrambi. Ma a sedici anni non riuscivo a ricordare una volta in cui mio padre fosse stato "a posto". Non prometteva bene per i piani di mia madre.

E che dire del fatto che lei non mi aveva chiesto di andare con loro? Cercavo di non pensare a cosa significava. In ogni caso, qualcuno doveva restare con papà, a tenere d'occhio la sua esistenza tutt'altro che "a posto". Ed eccomi lì, l'opposto del figliol prodigo, lasciato a Riverdale, a tener d'occhio la situazione.

Sarebbe stato più facile controllare papà se lui qualche volta si fosse fatto vedere, ma immagino che il problema fosse proprio quello.

La maggior parte dei ragazzi fa il conto alla rovescia per l'inizio delle vacanze estive. A essere sincero, in realtà mi mancava la struttura dell'anno scolastico, che dava un ritmo regolare alle mie giornate (anche se a volte quel ritmo implicava test a sorpresa, saggi di fine semestre e roba del genere). O forse era solo perché *quell'*estate mi sembrava particolarmente amorfa, senza la mamma e Jellybean, con Betty lontana... e Archie tutto preso da... chissà cosa, non si fa *mai* vedere, e non può essere perché è impegnatissimo con il lavoro in cantiere per suo padre. *Quella* non me la bevo.

Una volta io e Archie eravamo praticamente fratelli. I nostri padri erano soci e noi eravamo cresciuti insieme. Ma ultimamente Archie era cambiato. E quando l'avevo cercato tre settimane fa, per raccontargli di mia madre che se n'era andata e si era portata via Jellybean... Be', lui era introvabile. Letteralmente. E non aveva risposto a nessun messaggio. Il mio migliore amico era... sparito.

E comunque quanto dura "qualche tempo"?

Mi feci la doccia per lavarmi via un po' dello schifo della notte umida e mi vestii in fretta, infilandomi il telefono sfigato con lo schermo rotto in una tasca e il portafoglio disperatamente vuoto nell'altra. Quella sera dovevo lavorare, quindi almeno non sarebbe rimasto vuoto troppo a lungo. Ma prima di andare al Twilight a preparare tutto per la nostra proiezione del tre luglio di *Independence Day*, che era tutt'altro che ironica, volevo che Archie mi dicesse in faccia che non saremmo andati a Centerville per lo spettacolo sdolcinato dei fuochi d'artificio e per legare un po' fra ragazzi. (Lo so, lo so... ma è la nostra tradizione.)

E questo significava trovare mio padre *e anche* Archie.

Perché avevo la sensazione che nessuno dei due mi avrebbe reso particolarmente facile quel compito?

Andai a piedi dalla roulotte a Pop's; non era il massimo, ma rubare il furgone di papà per andare da lui a *chiedergli se potevo prendere in prestito il furgone* per fare un giro non sarebbe stata una grande idea. (Ovviamente la minuscola Riverdale non sembra mai così piccola quando ti muovi a piedi.) Quando uscii, il furgone era parcheggiato davanti a casa, il che significava che papà aveva preso la bici (che in realtà non era una scelta tanto migliore del furgone, se era ubriaco, ma quella era tutta un'altra faccenda e me ne sarei occupato dopo, semmai). Comunque lasciai il furgone dov'era e continuai a camminare.

Feci la strada lunga, il che non aveva senso, ma come avrete già capito volevo passare dall'isolato dove abitava Archie: speravo di incontrarlo e parlare della sera successiva. La strada era silenziosa, le case allineate ancora buie, in placida attesa che il sole sorgesse del tutto. L'unica finestra illuminata era proprio quella di Archie: una follia, considerando che era prestissimo. Immaginai che volesse dire che era sveglio. Ma anche aspettando qualche minuto, sentendomi uno stalker (*oh,* è solo *Jughead Jones, appostato nell'ombra come al solito, da bravo maniaco),* non notai nessun segno di movimento là dentro. Vedevo bene il suo letto, e lui non c'era.

Feci un sospiro e ripescai il telefono dalla tasca. *Sei sveglio?* gli scrissi, sentendomi come un viscido amante clandestino invece di un ragazzo normalissimo (be', forse un po' inquietante e furtivo) che va a salutare un amico. Fissai attentamente la finestra, ma non si mosse nulla. E sullo schermo non comparve nessun messaggio, nemmeno quei puntini che ti torturano, ma se non altro ti dicono che dall'altra parte c'è qualcuno che sta quantomeno *pensando* a cosa scriverti. Perciò, dopo alcuni minuti (più di quanto voglia ammettere, a essere sincero), scrollai le spalle, rimisi in tasca il cellulare e ripresi a camminare verso Pop's, dall'altra parte del paese.

Non avevo idea di dove potesse essere Archie a quell'ora. Avrei potuto ipotizzare che fosse con suo padre, che fossero andati presto in cantiere per iniziare la giornata di lavoro. Sarebbe stato un modo semplice di spiegare la sua assenza... ma avrebbe implicato che facessi finta di non aver notato che il furgone del signor Andrews era ancora nel vialetto. Quindi il signor Andrews non era al lavoro. E se non c'era lui, non c'era neanche Archie. Nemmeno io potevo sostenere una dissonanza cognitiva del genere.

E allora dove diavolo era Archie?

Quando finalmente arrivai da Pop's, il sole era ormai alto e io mi sentivo tutto appiccicoso per il sudore. Era ancora abbastanza presto e il parcheggio era vuoto... ma non totalmente deserto, come mi sarei aspettato. Secondo Sartre, "l'inferno sono gli altri", e vi basterebbe trascorrere poco tempo con me per sapere che concordo assolutamente.

(Del resto in base a questo motto probabilmente non passereste molto tempo con me in ogni caso. E anche se poteste, non vorreste farlo.)

Ancora nessuna notizia da Archie. Non sarebbe stato strano, visto che era prestissimo, se non avessi *saputo* che non era a casa, il che significava che doveva essere sveglio. Tanto per alimentare ulteriormente l'enigma su chi era diventato Archie Andrews.

L'ultima volta che l'avevo visto di persona era stato proprio da Pop's, in realtà. Esattamente una settimana fa. Come si suol dire, era una notte buia e tempestosa e io ero rannicchiato su un divanetto, da solo, a cercare di scrivere. Ultimamente lo faccio sempre più spesso. Non so se quello che scrivo sia decente – probabilmente no, chi voglio prendere in giro? – ma per certi versi non mi interessa. Quando scrivo, riesco a spegnere il resto del mondo e a elaborare le cose allo stesso tempo. Per me è il migliore dei mondi possibili.

Ovviamente mi rendo conto che "era una notte buia e tempestosa" probabilmente è il modo *più* stereotipato in assoluto in cui uno scrittore può creare l'ambientazione per la propria storia, ma si dice sempre che bisogna scrivere le cose come stanno e tutto il resto. E quella notte era buia e tempestosa. Non posso farci niente se il tempo era così.

Pop mi prendeva in giro perché passavo troppo tempo da solo, sul divanetto di un séparé, chino sul mio vecchio portatile; e dire che ormai doveva essersi abituato a vedermi lì. Quella sera però mi tormentava ancora più del solito: mi disse che se avessi passato altro tempo isolato con le mie parole (anche se in realtà ero in un luogo pubblico) mi sarei trasformato nel protagonista di un film horror, tipo quello di *Shining*, se non peggio.

Gli risposi che i tizi come quello non vivevano a Riverdale. All'epoca ci credevo… ma ben presto avrei scoperto che non era così.

Fuori il tempo era così orribile che per ore ci fummo soltanto io e Pop nel locale. Alcune persone vennero a ordinare roba da asporto, ma era abbastanza chiaro che Pop teneva aperto solo perché io potessi avere un posto in cui stare. È un brav'uomo e io non volevo sfruttare troppo la sua accoglienza. Stavo cominciando a pensare di raccogliere le mie cose e andarmene, valutando se tornare alla roulotte, dove l'assenza della mamma e di Jellybean persisteva ostinata come una macchia che non si toglie neanche con la candeggina, e chiedendomi dove altro potessi mai andare, quando la campanella sulla porta trillò, segnalando l'ingresso di qualcuno.

Ancora prima di alzare gli occhi per vedere di chi si trattasse, sentii Pop esclamare: «Archie! Guarda come sei conciato! Che ci fai fuori con questo tempo?».

«Jughead.» Archie aveva i capelli appiccicati alla fronte per via della pioggia; ai piedi gli si stava formando una pozza d'acqua. In effetti era conciato male... sembrava che si fosse fatto un giretto *all'inferno*, e non solo per la pioggia. I suoi occhi avevano un'aria assente. No, peggio che *distratta*. Forse persino *terrorizzata*.

«Ehi» risposi io, senza sapere bene come reagire. Dopo un attimo passato a osservare le gocce che gli scendevano lungo le dita e colavano sul pavimento, indicai il divanetto. «Vuoi sederti?»

Sembrò esitante, e per me fu davvero un duro colpo. Una volta non avrei avuto bisogno di chiederglielo e lui non ci avrebbe pensato due volte. E non era passato poi così tanto tempo.

Un'estate può cambiare tutto, immagino.

Scrollai le spalle come se non m'importasse e cercai di autoconvincermi che era così. Archie si sedette. «Ehi.»

«Chi non muore si rivede» dissi io, visto che a quanto pare quella sera mi venivano in mente *solo* cliché. «Cosa stai combinando?»

«Lavoro per mio padre, lo sai. Getto il cemento.» Fece una smorfia. «Non è esattamente il lavoro dei miei sogni, ma papà ha bisogno di aiuto. Vabbè.»

«Vabbè» concordai. Anche *mio* padre lavorava per il signor Andrews; non c'era bisogno che Archie mi spiegasse quant'era sfiancante.

«E tu... continui a scrivere» proseguì lui, indicando con la testa il portatile davanti a me.

«Ci sto provando. Non è propriamente materiale da National Book Award. Chissà se qualcuno vorrà mai leggere questa roba.»

La sua espressione si ammorbidì, come se gli fosse venuto in mente qualcosa di lontanissimo. «Ma certo che vorranno. Sei sempre stato il più bravo a inventare storie. Ti ricordi di tutte le nottate che abbiamo passato accampati nella casa sull'albero? Le tue storie di fantasmi erano sempre le più spaventose. Dovevo far finta di non essere terrorizzato. La metà delle volte avrei voluto correre in casa a nascondermi sotto il letto con Vegas.»

Sorrisi. «Certo che me lo ricordo. Non eri per niente bravo a fingere...»

All'epoca per me eri un libro aperto, Arch, pensai. *Lo sei ancora.* Il lavoro in cantiere non spiegava perché ci eravamo allontanati, perché lui non si faceva mai vedere. E non spiegava la sua espressione triste e assente.

«Ehi» disse lui all'improvviso, con un misto di entusiasmo e timidezza. «E se ti dicessi… che anch'io ho cominciato a scrivere?» Abbassò lo sguardo verso il tavolo, come se fosse stata la cosa più imbarazzante che potesse mai rivelarmi.

«Ma dai!» Non occorreva che si sentisse in imbarazzo, ma era comunque una sorpresa. Archie, la star del football, che si metteva a scrivere? Dire che *non me l'aspettavo* era un eufemismo. «Tipo un romanzo o qualcosa del genere?»

«Uhm, più tipo poesie» rispose lui, arrossendo un pochino.

«Poesie? Tu?»

«Già… non so, forse sono più… testi di canzoni?» Adesso sembrava veramente imbarazzatissimo. Chiuse il discorso con un gesto della mano. «Lasciamo perdere.» Il suo istante di vulnerabilità era finito. «Cosa fai il quattro?»

«Il tre c'è *Independence Day* al Twilight, come da tradizione. Ma il quattro siamo chiusi, quindi ho il giorno libero.»

«Già, certo. Bene.» Si passò una mano fra i capelli, tutto pensieroso.

Non ho idea di cosa mi fosse preso per dire quello che dissi. Ci pensavo da settimane… cavoli, mi ero svegliato con quel pensiero quella stessa mattina. Ma la situazione con Archie sembrava irreparabile. Stavo per lasciar perdere… ma poi cambiai idea.

Forse fu la sua espressione nostalgica. O forse il discorso sulla casa sull'albero, sul fatto che ci conoscevamo da una vita. «Ti ricordi di quando andavamo a Centerville tutti gli anni a vedere i fuochi d'artificio?»

«Bei tempi.»

«Perché non lo rifacciamo quest'anno? Ci andiamo in autobus, in onore dei vecchi tempi.»

Mi venne un po' d'ansia, sapevo che, se avesse detto di no, per me sarebbe stato un pugno nello stomaco. Ma gli si illuminarono gli occhi. «Okay. Sì, mi pare un ottimo piano! Passi da me alle quattro?»

«Certo» risposi io, e per un attimo mi parve che le cose fra noi fossero tornate esattamente com'erano sempre state.

C'era da star male al pensiero di quanto desideravo che fosse vero. Ma quando capii com'era davvero la situazione tra me e Archie, quanto era precaria la nostra cara, vecchia amicizia… be', ormai era troppo tardi.

BOLLETTINO DI PESCA DELLO SWEETWATER RIVER
PER IL 4 LUGLIO

Portata: 20 m^3/s
Visibilità: 91 cm
Temperatura dell'acqua a mezzogiorno: 10,5 °C
Condizioni dell'acqua: Limpida
Orario migliore per la pesca: Dalla tarda mattinata alla prima serata
Zona migliore: Tratto oltre Striker's Cove
Miglior punto d'accesso: Parco alla base dell'ingresso al campeggio, camminata in discesa di 5,4 km
Specie ittica: Trota
Stagione di pesca: 1° aprile - 30 novembre
Tippet consigliato per la pesca a mosca: Tippet 4X
Miglior canna per la pesca a mosca: 2,70 metri, potenza 5
Miglior coda di topo galleggiante: coda di topo con profilo decentrato per la pesca delle trote
Miglior coda di topo affondante: coda di topo con punta affondante Classe V

* * *

A nome dell'ufficio del sindaco di Riverdale e del Dipartimento Parchi Urbani, passate una bella vacanza e rispettate le norme di sicurezza!

3

VERONICA

«Chi dorme non piglia pesci, *mija*» dice sempre papà. Ma sinceramente... che c'è di tanto bello? Pigliar pesci con i *vermi*? Preferisco dormire.

Quindi potete immaginare quant'ero furiosa quando mi ritrovai la mamma che incombeva su di me come una sorta di orchessa incredibilmente bella e con i capelli perfetti; aveva tirato su di scatto la veneziana dell'oblò della mia cabina e mi stava scuotendo leggermente le spalle, tamburellando la tattica scarpa bassa di Valentino sul pavimento. «Ronnie, partiamo» disse, con una punta di impazienza. «Presto. Lo sai che tuo padre ha un'agenda fittissima. Katie, mi spiace, ma dovrai andare a casa.»

Diedi un'occhiata al mio orologio Cartier – ovviamente era un regalino di papà. Erano appena le sette di mattina. Roba da incivili.

«A meno che, Katie» bleah, mi sentivo la bocca secca e impastata e il cuore mi rimbombava ancora per la serata da sballo, «a meno che tu non voglia venire con noi. Ultima chance per cambiare idea. *Davvero* vuoi perderti il party dell'estate?»

Con cautela, strizzando gli occhi per la luce del sole, mi girai su un fianco e mi puntellai sul gomito. Inarcai un sopracciglio in direzione della mia migliore amica, che, come tante altre notti, aveva dormito sul letto extra della mia cabina visto che i festeggiamenti della sera prima erano andati avanti più a lungo del previsto. Katie dormiva da noi così spesso che teneva una confezione personale di crema idratante La Mer in ogni bagno dei Lodge.

Katie mi sorrise, mostrando i denti di un biancore accecante, per cui bisognava ringraziare il top dell'ortodonzia dell'Upper East Side.

«Ma Veronica» cantilenò lei, prendendomi in giro, «guarda che *ci vado*, al party dell'estate. La festa annuale per il quattro luglio di Kelly Klein a East Hampton è leggendaria. L'anno scorso aveva un'intera parete ricoperta di donut che formavano la bandiera americana. E pare che ci sarà Rihanna.»

Sbuffai. «Rihanna? Ma dai. Se sei fortunata, *magari* vedrai una Kardashian che fa i capricci. Se lanci una Louboutin nell'East End, ne colpisci una per forza. E se avessi saputo che ti piaceva il cibo a tema, ti avrei fatto fare dei macaron bianchi, rossi e blu da Ladurée. Lo sai che Claude ha dato il suo numero privato al nostro chef.»

«Non essere sciocca, Veronica – *lo sai* che il nostro menu è stato deciso mesi fa» si intromise mia madre, con gli occhi castani sorridenti che la tradivano. Le labbra però erano ancora tese.

«Katie, tesoro, lo sai che ci piacerebbe tantissimo averti con noi. Ma se resti negli Hampton, è ora che vi salutiate. Il capitano vuole partire fra trenta minuti. Come da richiesta del signor Lodge.»

Sappiamo tutti che quelle del signor Lodge sono tutt'altro che "richieste".

Sbuffai. «Mamma, quel tempo ci basta appena per un cappuccino con doppio caffè – di cui abbiamo disperatamente bisogno entrambe.»

Katie annuì, battendo le ciglia e facendo gli occhi da cucciolo. «Di quello e di una dose industriale di aspirina» commentò, massaggiandosi le tempie.

La mamma ignorò i modi teatrali di Katie e incrociò le braccia sul petto. «Vi mando giù Marta con il caffè e un analgesico. Veronica, probabilmente posso convincere tuo padre a partire fra quarantacinque minuti. Ma non vi prometto niente, quindi» disse, facendo segno di sbrigarci, «datevi una mossa.»

«Chiedigli un'ora. Così ti... *ci* darà quarantacinque minuti.» Sorrisi.

Dite quello che volete su papà, e ci sarebbe tanto dire, ma

non si può negare che adori una negoziazione fatta bene. E ancor più delle contrattazioni, papà adora le scappatoie. Così tanto che ha chiamato il suo yacht con il relativo termine inglese, SS *Loophole.* E come tutte le altre scappatoie, la barca ci porta esattamente dove vogliamo arrivare.

Io e Katie ci vestimmo in fretta; lei si sfilò il pigiama che le avevo prestato e si rimise l'abito prendisole di Stella McCartney che aveva indossato la sera prima per uscire.

«Faccio odore di falò» disse, scuotendo le braccia abbronzate infilate nelle maniche con le *ruche* che le lasciavano le spalle scoperte.

«Amica mia, se ti porti addosso l'odore di stanotte, sai che è stata una grande nottata» dissi io. Almeno lo ammetteva sinceramente; il *clambake*, la grigliata di pesce organizzata sul momento da Luke al Georgica Pond, era stato *epico*. Epico da farti sforare il coprifuoco, dimenticare la cotta estiva che avevi avuto fino a quel momento, chiunque fosse, e darti un'altra passata di lucidalabbra.

Ridemmo entrambe. Katie è la mia complice preferita fin dal primo giorno d'asilo alla Spence. Sua madre è un po' fuori di testa, anche se è simpatica, e già allora non lasciava che Katie si avvicinasse a una sola molecola di glutine. Invece *mia* madre mi mandava a scuola con un cupcake della Magnolia Bakery in un contenitore di plastica e un panino gourmet al burro d'arachidi e marmellata della compianta Blue Ribbon Bakery. La povera Katie sembrava così triste alla vista di quelle leccornie che quel giorno le diedi metà di tutto ciò che avevo nel sacchetto del pranzo… e io *non* sono una che ama condividere le cose, perciò doveva proprio essere il destino.

Da allora siamo sempre state inseparabili. Eccezion fatta per il cocktail party annuale della mia famiglia per il quattro luglio, nel nostro attico al Dakota. Da tre anni Katie aveva una cotta per il migliore amico di Luke Chastain, dall'improbabile nome di Mac, trapiantato dall'Australia e dotato di addominali da urlo e di un accento delizioso. E quegli sciocchi di Luke e Mac passano il quattro luglio negli Hampton, che significa che Katie fa lo stesso.

Non è un problema, vuol dire che c'è più roba *pour moi*. E poi possiamo sempre mandarci messaggi o usare FaceTime per aggiornarci sulle cose più urgenti. Perciò, mentre la maggior parte della gente si accalcava su pullman, treni o quell'interminabile parcheggio che è la Long Island Expressway, la *SS Loophole* sfrecciava via dal porto di Sag Harbor per tornare a New York.

Se Katie voleva restare lì a Est, non gliene facevo una colpa – Mac aveva *davvero* degli addominali spettacolari, dopotutto – ma io non ci sarei rimasta neanche se mi avessero pagata. Le Kardashian e le pareti ricoperte di donut vanno benissimo, ma tutti sanno che nessuno sa dare le feste come i Lodge. Il nostro party annuale per il quattro di luglio non faceva eccezione. Lo organizzavamo da che ne avevo memoria. Anche all'asilo capivo il livello extra di prestigio che derivava dallo sforzo di tornare dalla propria villa sulla spiaggia solo per quella serata, avendo conquistato l'invito a uno degli eventi più esclusivi della stagione. Una volta essere nell'elenco degli invitati dei Lodge era uno status symbol pari a un invito alla Factory di Warhol. La sera dopo avrei brindato con qualche Du Pont, Rockefeller, Vanderbilt… e il *nostro* sarebbe stato il cognome più importante nella stanza.

So cosa state pensando: sono una ragazza viziata che vive una vita privilegiata e protetta.

Avete assolutamente ragione e non ho intenzione di scusarmi per questo.

Papà lavora come un pazzo per permetterci questo stile di vita, e se vuole elargirne i frutti alla figlia per cui stravede e alla moglie devota, perché no?

E se la mia vita è bella, allora l'estate a New York è il non plus ultra. Fa terribilmente caldo, così umido che in pratica si vedono le ondate luccicanti di vapore acqueo che si alzano dai marciapiedi. Ed ecco che entrano in gioco le fughe a East Hampton. Papà ha progettato integralmente la nostra villa in stile Shingle con otto camere da letto ("Lodgehampton", la chiama la gente del posto), senza trascurare alcun dettaglio. Ho una suite tutta per me nell'ala sud; si affaccia sul giardino sul retro e sulla piscina riscaldata di acqua di mare. Oltre il giardino c'è un sentiero di legno che porta al nostro ingresso privato alla spiaggia. C'è l'aria condizionata centralizzata, ma di solito dormo con le finestre aperte per sentire le onde dell'oceano che si infrangono a riva. Perché usare un generatore di rumore bianco quando si può avere l'oceano vero?

In genere d'estate io e Katie infilavamo qualche prendisole in valigia nell'istante in cui suonava la campanella di fine anno e ci trasferivamo a Lodgehampton fino al Labor Day. Era abbastanza comodo tornare in città con la barca; oppure, se la stava usando papà, noleggiavamo un elicottero. Ma quell'estate stavo facendo avanti e indietro molto più spesso... e adoravo ogni secondo. Avevo il meglio dei due mondi.

In estate papà non lavora così tanto, il che è divino. Riusciamo a mangiare insieme in relax e il venerdì andiamo a Le Cirque. A casa, nel nostro classico appartamento anteguerra con sei camere, Marta tiene sempre pronta la tavola o il carrello dei cocktail. E quell'estate finalmente mi ero unita alla massa dei tipici adolescenti americani in un modo totalmente inaspettato:

avevo un lavoro.

Certo, era per "Vogue". Quindi non propriamente roba tipica da teenager. Tecnicamente ero la tirocinante del reparto moda, ma dopo la prima settimana in ufficio mi avevano promossa ad assistente personale di Grace Coddington.

(*Lo so, è pazzesco!*)

Immagino che quella donna sappia riconoscere il vero stile.

Il lavoro sembrava fatto su misura per me; io e Grace eravamo così simili che riuscivo a prevedere le sue esigenze ancora prima che le capisse lei. (Comincia la giornata con un caffelatte al tè verde matcha, senza zucchero, alle 9:30 in punto, e poi beve sempre la versione decaffeinata della stessa bevanda alle 15, preferibilmente con una millefoglie di Sant Ambroeus. Risponde *sempre* alle chiamate di Anna, mai a quelle della stampa. E guai se l'assistente che le mostra i layout delle pagine senza aver prima controllato i refusi.) Avevo accesso al leggendario magazzino della rivista (praticamente il paradiso) e riuscivo a infilare un po' di shopping personale fra una commissione e l'altra (da Barneys, Nelle si è segnata tutte le mie taglie e i miei colori di cosmetici).

Oltre a tutto questo, sono incredibilmente flessibili sugli orari. E quindi sono libera di fare i weekend lunghi a Lodgehampton e prendermi dei pomeriggi di permesso per aiutare mia madre con i preparativi per il party.

Ora capite perché il lavoro mi sembra un gioco.

«*Mija*, perché sorridi come un gatto che si è mangiato un canarino?»

«Mmh?» Eravamo sdraiate sul ponte posteriore della barca, con cappuccini pieni di schiuma che proteggevamo dal vento con le mani mentre la barca solcava le onde. Mi tirai su a sedere e incrociai le gambe, girandomi verso di lei.

«Stavo solo pensando a quanto siamo fortunate. Non vedo l'ora che arrivi domani, il party... Sarebbe difficile non sorridere, circondati da tutto questo...» Indicai la distesa di cuscini bianchi, morbidi e immacolati, la luce splendente del sole, l'acqua tra il blu e il verde che ci circondava da tutti i lati. «Sarò anche un po' viziata» la mamma fece una risata nasale insolitamente indelicata «ma non sono una sociopatica.»

«Sono felice di sentirtelo dire» rispose lei, sincera. «Siamo *davvero* fortunate ad avere tutto questo, ovviamente. Ed è giusto essere grati. Ma non avremmo nulla se non avessimo...» Mi lanciò uno sguardo, invitandomi a finire la frase.

«La famiglia» completai io.

«La famiglia» ripeté lei. Finì il cappuccino e si leccò via un po' di schiuma dal labbro. «Allora, per quanto riguarda le decorazioni per il party...»

«Be', so già che non ti ha colpita la parete di donut di Kelly Klein» risposi io, ridendo. «Ma i macaron?»

«Se sono di Ladurée non saranno mai pacchiani, ma possiamo trovare un'ispirazione migliore. *La qualità prima di tutto.*» Era il nostro motto e io mimai le parole con le labbra mentre lei le pronunciava. «Comunque, come ti dicevo, è quasi tutto deciso. La settimana scorsa Rafe ha mandato il libro con tutti i dettagli per la festa. Stelline pirotecniche invece dei bastoncini per cocktail. Ghirlande nautiche con fili bianchi, rossi e blu. Mini sandwich di aragosta e taco di tonno pinna gialla in carta oleata serviti sulle terrazze.»

«Un picnic urbano, fantastico» risposi con enfasi. «Prendo il libro, così possiamo ripassare le cose da fare per oggi.» Adoravo il fatto che il nostro designer non usasse Pinterest o Instagram; preferiva l'analogico, e questo rendeva le sue creazioni incredibilmente più inattese... ed esclusive.

Scivolai via dai cuscini e zampettai lungo il ponte, attraverso il salone e giù per le scale che portavano alla cabina dei miei.

Mi fermai subito fuori dalla porta, però: papà era al telefono e non sembrava affatto contento.

«E quando avevi intenzione di parlarmene?» stava dicendo, con la voce bassa ma tremante di rabbia. Fece una pausa per ascoltare l'interlocutore. «Non è abbastanza. Quei pagamenti...»

La barca rollò all'improvviso mentre attraversavamo un tratto di mare mosso. Persi l'equilibrio esattamente mentre si spalancava la porta di papà. Quando mi vide, sgranò gli occhi. «Devo richiamarti» tagliò corto, riattaccando senza aspettare risposta.

«*Mija*» disse, voltandosi verso di me e infilandosi il cellulare in tasca. «Avevi bisogno di qualcosa?»

«Io... ehm, stavo solo cercando il libro di Rafe per il party. Io e la mamma volevamo rivedere gli ultimi dettagli e organizzare la giornata. Scusa, non volevo disturbarti» balbettai. Che papà si innervosisse al telefono non era certo una novità, ma in quella conversazione c'era qualcosa... oltre alla rabbia, una punta di disperazione che non era normale.

O forse avevo le allucinazioni?

«Cercalo pure» disse lui, spostandosi per lasciarmi avvicinare al comodino della mamma. Quando gli passai di fianco, mi accarezzò la nuca, come se fossi stata una bambina da mettere a nanna.

Mi bloccai. «C'è... qualcosa che non va, papà?»

«Certo che no» rispose lui senza esitazione. «Non c'è niente di cui preoccuparsi. Prendi il libro e torna da tua madre. Sarà il quattro luglio più magico che abbiamo mai vissuto.»

«Okay» risposi, cercando di sembrare convinta. Ti stai solo *immaginando cose non vere,* insistetti mentalmente.

Ma in qualche modo non mi pareva affatto così.

4

ARCHIE

Non mi sono mai considerato un ragazzo complicato. Sono esattamente come sembro: uno studente delle superiori di una piccola cittadina. Football, cene in famiglia, milkshake con gli amici da Pop's dopo la scuola. Insomma, avete capito.

Le estati erano sempre uguali: lunghe giornate passate a nuotare nello Sweetwater River con Betty, serate a guardare film al Twilight con Jughead. Lanci lunghissimi di frisbee con Vegas. Papà che grigliava gli hamburger al crepuscolo – di solito facendone cadere uno, che era fantastico per Vegas, ma una sofferenza per me e la mamma, che ormai stavamo morendo di fame.

Ma le cose cambiano, immagino... persino in una cittadina come Riverdale, dove si pensa che resti sempre tutto uguale. E io so bene che le cose cambiano: la mamma se n'è andata due anni fa e non è più tornata.

Già quello è stato un duro colpo. E quest'estate è tutto strano. Betty è a Los Angeles, che è una cosa splendida per lei. Ma devo ammettere che mi manca da impazzire. E io e Jug... be', non ci vediamo più tanto spesso. Principalmente è colpa mia, credo. Perché... sono successe altre cose che non mi sarei mai aspettato. Il genere di cose che cambia tutto.

Quand'ero piccolo, adoravo giocare a "E se...": *"E se sono ancora sveglio quando la mamma sale al piano di sopra?"* (Mi leggerà un'altra storia della buonanotte.) *"E se iscrivo Vegas alla gara per cani?"* (Questa era stata un'idea di Betty, ma Vegas aveva vomitato addosso ai giudici, quindi niente premi per noi.) *"E se partecipo alle selezioni per la Little League di baseball anche se sono nervoso?"* (Il piccolo Archie è stato scelto come interbase!)

Ma quando si cresce, la posta in gioco di "E se..." si fa più alta. E se fossi andato con la mamma invece di restare con papà? Per una volta avrei scoperto cosa voleva dire abitare in una grande città, cos'aveva da offrire la vita fuori da Riverdale.

Per contro, cos'avrebbe fatto papà se non ci fossi stato io ad aiutarlo con il lavoro quest'estate? Faceva finta di trovarmi delle incombenze, di farmi un favore a lasciarmi gettare il cemento e roba del genere. Ma io sapevo che non era così. Lo vedevo la sera, chino sul tavolo del soggiorno, con una calcolatrice e una pila di bollette in mano. Lo sentivo al telefono, a cercare di contrattare con i fornitori o a stanare i clienti che non pagavano. È un brutto periodo per il settore edile. Avermi qui significa un altro paio di braccia gratis, e non dover racimolare i soldi per un altro salario.

E poi c'erano le cose minori, quelle con effetti a catena impossibili da prevedere. E se papà non avesse deciso di svuotare il garage la prima settimana di quell'estate? Dove sarei stato allora?

Avevo pensato che fosse impazzito. C'era un caldo folle, il tipo di afa che batte ogni record e diventa l'unico argomento di conversazione per tutti quanti. Ma a papà non importava; quando si fissava su qualcosa, non c'era verso di fargli cambiare idea. E quindi eccoci lì, in una fosca sera di giugno, chiusi nel garage soffocante; le braccia, il collo e la schiena mi bruciavano per il turno di dieci ore. Là dentro era un forno e c'era puzza di polvere e benzina.

«Dobbiamo proprio farlo adesso?» sbuffai. Ero crollato su una paleolitica sedia da giardino. Riuscivo a malapena a tenere gli occhi aperti. «Sono morto. Tu no? Come fai a non essere morto?» Era l'inizio dell'estate, prima che cominciassi a mettere su i muscoli, quindi non riuscivo a reggere una giornata di lavoro senza tornare a casa con dieci dolori diversi.

Papà mi guardò e rise. «Figliolo, alla mia età si è sempre *morti*. Si impara a tirare avanti lo stesso. Provaci.»

«Okay, okay.» Mi alzai dalla sedia controvoglia. «Non puoi certo dire che non faccio mai niente per te.»

«Sai come si dice, Arch» disse lui, tirando fuori dall'angolo una scatola di cartone afflosciata. «Ciò che per qualcuno è immondizia, per qualcun altro è...»

«Uno scavino per melone della guerra fredda?» Guardai l'aggeggio che aveva in mano, scuotendo la testa. Ne avevo visti soltanto in serie tv ambientate negli anni Sessanta. «Dai, papà, non dirai sul serio?»

Lui aggrottò le sopracciglia. «Mmh. Meglio piazzarlo nel cumulo "da tenere"».

«Come?» Era un caso patologico, dovevo intervenire. «Non dire assurdità. Faccio un mucchio da portare all'Esercito della Salvezza.» Gli tolsi lo scavino di mano prima che potesse controbattere, anche se le spalle mi pulsavano a ogni movimento.

Dopo un monopattino con una ruota rotta, un terrificante pupazzo a forma di clown che era sicuramente posseduto dal demonio e tre pile di fumetti ammuffiti (quelli li tenni), eccola che ci fissava dal fondo di una scatola: una foto di tutta la famiglia. Io, mamma e papà. C'era persino Vegas, con la lingua fuori come sempre quando si emoziona. Nella foto sorridevamo tutti. Papà cingeva la mamma con un braccio e lei abbracciava me.

Era da lì che era cominciato tutto? Che qualcosa, qualunque cosa fosse, le aveva fatto capire che sarebbe stata meglio senza di noi? E quella foto era un indizio? Papà guardava lei, ma lei guardava dritto davanti a sé. Dovevamo capirlo, prevederlo?

«Uhm, ehi, papà» balbettai, a disagio, «è un po' che volevo chiedertelo... Hai parlato con la mamma di recente?» Magari in realtà si erano tenuti segretamente in contatto per tutto il tempo. Forse lei sapeva che lui aveva problemi con la ditta. Magari stava pensando di tornare da noi e stava facendo le valigie proprio in quel momento.

Di nuovo il gioco "E se..."

Papà si irrigidì. «È piuttosto impegnata. Lo sai che ha iniziato il lavoro nella nuova azienda.»

«Giusto.» Avevo cercato di non pensarci. Un nuovo lavoro significava che pensava di restare là per un po'. Nemmeno io potevo far finta che non fosse così. «Quindi lo prendo come un no.»

«Ehi!» Per un attimo pensai che papà si stesse rivolgendo a

me, come se si fosse arrabbiato perché avevo tirato fuori l'argomento o qualcosa del genere. Ma quando lo guardai, vidi che gli luccicavano gli occhi e che stava tirando fuori qualcosa di grosso e ingombrante da uno scatolone. «*Questa* sì che vale la pena di tenerla. La mia vecchia Stratocaster.»

«Wow.» Persino io sapevo riconoscere una chitarra vintage quando la vedevo. Era verde, lucida e ricoperta in modo uniforme di sporcizia da garage, con la tastiera bianca graffiata e usurata fino all'intarsio in madreperla. Alcune delle corde si erano allentate, altre mancavano del tutto. Ma anche con tutti questi problemi... era un oggetto di enorme bellezza. «Papà, suonavi?»

Davvero mio padre una volta era stato un musicista? *Perché* non l'avevo mai saputo? Mi sembrava di dover rivedere tutto ciò che credevo di sapere su di lui.

E se una volta fosse stato *cool*?

«Oh, ogni tanto» rispose lui, accarezzando le corde allentate. Emisero un tintinnio attutito che mi fece venire una voglia pazza di attaccare la chitarra alla corrente e farla sfogare.

«Ma è *pazzesco*, papà. In senso buono, intendo. Posso provarla?» All'improvviso era la cosa che volevo di più al mondo.

Papà mi lanciò un'occhiataccia. «Lo sai che non si tocca mai la chitarra di un altro, Arch! E poi te ne ho comprata una tutta tua. Te lo ricordi?»

Me lo ricordavo, sì. Me l'aveva regalata per il mio sedicesimo compleanno. Una Gibson acustica in legno scuro che risultava solida e pesante quando la prendevo in mano. Suonavo abbastanza bene... ma mai fuori dalla mia camera. L'idea di suonare per altre persone mi faceva sudare freddo.

Forse era ansia da palcoscenico, eppure una parte di me si chiedeva... se non stessi solo aspettando l'ispirazione? *E se...* non fosse mai arrivata?

Ma presto scoprii che non dovevo preoccuparmene.

«Terra chiama Archie! Che succede là dentro?»

«Eh?» Strabuzzai gli occhi. Il sole stava sorgendo e illuminava la finestra panoramica della signorina Grundy – di Geraldine. Lei ci stava davanti come un'ombra, con un'aria confusa. Il sole le faceva brillare i capelli. *Your hair glowing in the sunlight.* Mmh.

Poteva essere il verso di una canzone? Non riuscivo a non pensare in termini di testi musicali quand'ero con lei. Aveva sempre quell'effetto su di me. Oddio, ero *io* a essere il protagonista di una canzone d'amore sdolcinata. «Oh, scusa, ero solo perso nei miei pensieri.»

«Dovevano essere dei pensieri davvero profondi.» Sorrise. «Sembravi in trance.»

Lo ero. Stavo di nuovo giocando a "E se..." *E se* Betty non fosse andata a L.A. e mio padre non mi avesse chiesto di lavorare per lui? Se non avessimo mai ripescato quella vecchia chitarra e non mi fossi rimesso a suonare, anche se lo facevo solo per me stesso? E se non mi fossi incamminato sulla via di casa a piedi, dopo il lavoro, in quel giorno umido e afoso di fine giugno, e un Maggiolone Volkswagen azzurro che non conoscevo non avesse accostato?

«Archie Andrews? Che ci fai a piedi con questo caldo?»

Strinsi gli occhi. La donna al volante aveva i capelli ondulati biondo scuro e gli occhi preoccupati dietro gli occhiali da sole. La signorina Grundy! L'insegnante di musica della Riverdale High. Quasi non l'avevo riconosciuta fuori da scuola, senza il suo solito abbigliamento impeccabile di quand'era al lavoro. «Uhm, mi rafforzo il carattere?» Suonò sciocco, ma ridemmo entrambi.

«Be', salta su prima che ti venga un collasso» disse lei, allungandosi sul sedile per aprirmi la portiera.

Quel giorno mi portò dritto a casa. Non ci pensai molto, se non per il fatto che era sempre strano vedere gli insegnanti fuori da scuola, nella vita reale. Ma il giorno successivo mi stava aspettando subito dopo il cantiere, come se avesse pianificato di portarmi a casa. E il giorno dopo ancora era di nuovo lì... e da quel momento in poi fu come se avessimo stretto un tacito accordo.

Una parte di me penserà sempre che sia stato il destino a farmela incontrare quel giorno. Perché all'improvviso avevo qualcuno con cui parlare della chitarra... e delle canzoni che avevo cominciato a scrivere; principalmente cose abbozzate, all'inizio. Un giorno Geraldine vide la chitarra sulla mia veranda e mi chiese se suonavo.

Avevo paura di non essere abbastanza bravo per lei. Cercai di protestare, ma lei insistette. Temevo che se ne andasse, e allora sarei stato al punto di partenza, solo.

Ma lei mi ascoltò e mi prese sul serio. Vide qualcosa in me che non aveva visto nessun altro, nemmeno Betty. Quando suonavo per lei, lei mi sorrideva e... tutto aveva un senso.

«Hai del potenziale, Archie» mi disse. «Hai mai pensato di prendere lezioni private?»

Sapevamo entrambi cosa intendeva in realtà. E sapevamo anche la risposta: sì.

Alla fine ci ritrovammo a condividere... altre cose. Un pomeriggio, senza dire una parola, Geraldine fece una deviazione inaspettata lungo la strada verso casa mia. In un attimo aveva parcheggiato in un punto nascosto della riva dello Sweetwater River. Ben presto divenne il nostro posto.

Forse – anzi, probabilmente – una parte di me sapeva che quello che stavamo facendo era sbagliato (dopotutto lei era un'insegnante... probabilmente era anche illegale, eppure era quello che volevamo entrambi), ma non aveva importanza. Man mano che passava il tempo, i miei sentimenti per lei divennero più profondi di quelli che avessi mai provato per qualunque altra. Presto diventò la persona più importante della mia vita.

Era per quel motivo che ero corso da lei quella mattina (letteralmente: avevo ancora addosso i pantaloncini sudati della Riverdale High, il che probabilmente non era molto romantico, ma era il modo più facile per andare da lei di prima mattina senza destare sospetti). Era il tre luglio, la vigilia della celebrazione, e io volevo fare qualcosa di speciale con lei. Volevo passare ogni momento con lei.

Mi voltai verso Geraldine. «Stavo solo pensando al quattro luglio» cominciai a dire, sentendomi un po' nervoso, anche se non sapevo perché. «Uhm... fai qualcosa per festeggiare?»

Geraldine fece un sorrisino mentre si versava una tazza di caffè. «In realtà pensavo di andare a campeggiare vicino al fiume...» Bevette un sorso. «Vieni con me?»

Sapevamo entrambi la risposta anche a quella domanda.

Archie:

Trovata la tenda. Sepolta in garage. Tt pronto!

Geraldine:

Non vedo l'ora. Vieni qui dopo cena, andiamo nel bosco?

Archie:

Sì 🌴

Geraldine:

😍

CANCELLA CONVERSAZIONE?

SÌ

5

BETTY

Caro diario,

non crederai mai a quello che è appena successo. Non riesco a crederci nemmeno io. Non è un'esagerazione: sono letteralmente nascosta nell'armadio della cancelleria di "Hello Giggles" a scrivere tutto questo, perché, anche se mi sono data un pizzicotto, non mi è sembrato affatto più reale.

Finalmente, *finalmente* ho avuto la mia prima vera occasione qui.

Stamattina, quando mi sono alzata, pensavo solo a quanto fosse strano passare il quattro luglio lontana dai miei amici, lontana dalla mia famiglia… lontana da Riverdale. Strano in senso buono, ma comunque strano. Stasera devo vedere Brad, ma per il resto qui non faccio quasi mai piani. È un'unica, grande avventura, proprio come speravo.

Sono andata a camminare la mattina presto, ho fatto la doccia nel bagno degli ospiti di zia Gertrude con quella buffa scatola di fazzolettini con la bordatura di pizzo, poi ho ripescato un paio di skinny jeans e un top che era il massimo dello stile L.A. a cui arrivava il mio guardaroba e sono rimasta bloccata nel traffico per mezz'ora per fare neanche cinque chilometri sulla 405… tutte cose piuttosto standard.

Ma quando sono arrivata in ufficio, l'atmosfera era totalmente diversa dal solito. Innanzitutto c'era silenzio. Nessun movimento sul bianco pulito e lucido del banco della reception, nessun telefono che squillava.

«Ehi?» chiamai, camminando senza fare rumore come se avessi avuto paura di cogliere di sorpresa qualcuno.

L'area relax, dove di solito si fermano tutti a chiacchierare, era vuota. Normalmente c'erano almeno due scrittori appollaiati sulle sedie blu pavone della metà del secolo scorso, o intenti a osservare le librerie color giallo acceso. Invece notai soltanto un iPad abbandonato su un tavolo; il proprietario non si vedeva.

Feci qualche passo esitante verso l'open space. «Oh, ciao.» Era Cleo, china sulla sua scrivania e intenta a mordicchiare una matita rosa glitterata. «È... dove sono tutti?»

Cleo tamburellò la matita sulla scrivania e alzò lo sguardo verso di me. I suoi occhi sembravano enormi dietro l'ampia montatura rossa degli occhiali. «È festa» rispose, scrollando le spalle. «La gente va via. Anch'io in realtà parto per Palm Springs tra...» consultò l'Apple Watch che aveva al polso «un'ora.»

«Oh.» Diedi un'occhiata al resto dell'ufficio. Nessun segno di vita. «Ma non c'è nessun altro?» Un po' mi piaceva l'idea di starmene lì da sola, a essere sincera. C'erano sempre cose da archiviare o mail di ogni genere da gestire, e l'idea di farlo senza Rebecca che mi controllava da sopra la spalla sembrava... un momento di pace.

Cleo fece una faccia come per dire che era ovvio. «Rebecca è nella sala conferenze a visionare campioni di carta da parati e tessuti per la challenge di ridecorazione del soggiorno.»

«Certo, giusto.» Quel piccolo barlume di speranza si spense. Ovviamente Rebecca non era il tipo da saltare il lavoro perché era festa.

Andai nella sala conferenze a portarle il pranzo. La porta era socchiusa, così bussai piano in modo che non sembrasse che stavo piombando nella stanza.

«Avanti.»

Entrai, muovendomi con cautela. Per qualche motivo anche solo la presenza di Rebecca mi spingeva a camminare sulle punte. «Ho il tuo pranzo.» Il sacchetto di carta fece un fruscio assordante quando l'appoggiai sul tavolo.

Rebecca era vicino alla parete di fondo; il suo sguardo rimbalzava fra diversi campioni di carta da parati: azzurra a fiori, viola a fiori, verde a fiori e metallizzata a fiori. Fiori di tutte le forme e dimensioni, dalla pop art ai fiori di carota selvatica di Laura Ashley. Ovviamente doveva essere qualcosa a tema.

Sospirò. «Non so. Non ti sembra che sia... troppo?»

Rebecca non aveva mai veramente chiesto la mia opinione su niente, o almeno non in modo così diretto. «Come? Dici a me?» Feci un colpo di tosse. «Cioè, la carta da parati?»

Lei si voltò e alzò gli occhi al soffitto, ma con un'espressione comunque gentile. «Sì. Voglio dire, le fantasie a fiori... sono inflazionate?»

«Secondo me non lo sono mai» risposi, in tutta onestà.

Fece scorrere lo sguardo sui miei vestiti. «Be', certo. Però... quella metallizzata, mmh. Da una parte è la più interessante di tutte, ma dall'altra...»

Sembrava che si aspettasse che dicessi qualcosa. «È un po'... vistosa?» A "Hello Giggles" cerchiamo di non emettere mai energie negative, quindi le critiche costruttive devono essere elaborate con molta attenzione.

«Esatto! Vistosa!» Sembrava estremamente sollevata per il fatto che avessi trovato la parola giusta. «E poi ho appena letto su "Design Sponge" che i pannelli in legno sono la nuova carta da parati e...» un altro sospiro pesante. «Non so, questa non mi trasmette niente. Sembra così *poco ispirata*.»

In effetti Rebecca pareva annoiatissima e sconsolata. Probabilmente non mi avrebbe mai parlato in modo così aperto, se non fosse stato perché era festa e praticamente ero l'unica in ufficio. Ma chi se ne importava? Finalmente Rebecca mi stava parlando... e voleva la *mia* opinione!

Si lasciò cadere su una sedia davanti al tavolo da conferenze e cominciò a frugare nel sacchetto, tirando fuori il suo pranzo. Rimasi lì imbarazzata per un attimo, senza sapere bene cosa fare.

«E tu cos'hai preso?» domandò Rebecca. «Hai ordinato qualcosa anche tu, vero? Devi mangiare. Oppure non so, magari sei un'aspirante attrice e non mangi. In questa città succedono cose strane.»

«No, certo che mangio» le assicurai. Con esitazione, tirai fuori anche il mio pranzo. A Riverdale non ci sono tanti ristoranti giapponesi (o meglio, non ce n'è nessuno) e avevo scoperto presto che i maki di tonno piccante e gli edamame a parte erano due delle mie cose preferite di L.A.

Rebecca non mi aveva chiesto esplicitamente di sedermi con lei, ma quasi. E poi una chance del genere poteva non ricapitarmi più. Decisi di coglierla e presi una sedia anch'io. La Betty di L.A., quella che sapeva flirtare ed era più audace della ragazza della porta accanto di Riverdale, stava pranzando con la sua capa.

Fra un boccone e l'altro, Rebecca mantenne un flusso costante di sospiri e dita tamburellate sul tavolo da conferenze. Lo spazio fra noi cominciò a farsi denso e viscoso, come un nuvolone da temporale. Non era un silenzio gradevole. L'audace Betty di L.A. decise di prendere l'iniziativa – e perché no, vista la giornata che stava vivendo?

«E quindi i pannelli in legno sono la nuova carta da parati, eh?» Che commento brillante e illuminante, Cooper. Feci una smorfia; avrei preferito nascondermi sotto il tavolo fino all'ora di andare a casa. Ma la Betty di L.A. non si nasconde. Proseguii.

«Tipo... boiserie? E... perlinato?» Mi spremetti le meningi ripensando a tutti quei programmi di ammodernamento delle case che Polly adora guardare nelle domeniche di relax. «Ma ho sentito che anche il perlinato è inflazionato.» O almeno così aveva detto una volta la rossa con i boccoli perfetti di *Home Helpers*. Credo. A dire il vero, non sapevo cosa fosse esattamente il perlinato.

Rebecca si illuminò subito. «Lo è! Ragazza mia, siamo sulla stessa lunghezza d'onda.»

Grazie, *Home Helpers*. E grazie alle maratone tv compulsive di Polly.

«Ma secondo i sondaggi i nostri lettori adorano le cose come la carta da parati rimovibile perché è un modo facilissimo di trasformare le stanze senza far arrabbiare genitori, i responsabili dei dormitori o i proprietari degli appartamenti. E quindi» agitò il braccio verso il muro «fiori su fiori.»

«Giusto, però...» Ripescai qualche altra notizia da canale tv su casa e giardino, sepolta in qualche angolo della mia mente. «Esiste della carta adesiva con una fantasia tipo pannelli di legno. O mattoni a vista. Persino cemento, per chi apprezza lo stile industrial.» Sorrisi. «In questo mondo esiste della carta da parati fatta a perlinato.»

Rebecca strillò. «Geniale. Lo adoro. Benissimo, la storia è tua.»

Per poco non mi soffocai con un edamame. «Cosa? Cioè, fantastico! Grazie! È meraviglioso! Non ti deluderò.» Adesso stavo straparlando, era imbarazzante tanto quanto essere troppo timida e insicura. Dov'era il pulsante che mi regolava su una via di mezzo?

Ma Rebecca scoppiò a ridere. «Sono duecento parole sulla carta da parati. Non mi preoccupano.»

«Bene.» Feci un respiro profondo. Calmati, Betty di L.A. Sei in ballo.

«Ma in realtà, visto che sei qui, c'è un'altra cosa con cui potresti aiutarmi. Sono davvero nei pasticci. Come vedi, qui è un deserto. E non riesco a raggiungere i "collaboratori in remoto". Ovviamente sono impegnatissimi a mettersi avanti con l'abbronzatura da remoto.»

Non mi ero mai sentita così grata per le mie abitudini patologiche di protezione dal sole. «Certo, qualsiasi cosa.»

«È per la sezione di lifestyle. Ce l'hanno appena rifilata quelli della moda. A quanto pare, la loro caporedattrice ha avuto una soffiata sulla nuova pupilla di Grace Coddington a "Vogue", una stagista per l'estate, giovane e bella. Normalmente direi: "Chi se ne importa?". Di ragazze dell'alta società ce ne sono milioni. Ma questa sembra roba seria, la nuova Olivia Palermo, in termini di influenza. A New York nessuno sotto i ventun anni può starnutire… o comprare una tinta per labbra senza il suo permesso.»

Uhm, terrificante. «Quindi serve un suo profilo?»

«Un'intervista, sì. Ma dev'essere fatta immediatamente, sul serio; la voglio online stasera, al più tardi a mezzanotte. Per il quattro luglio la sua famiglia organizza un party che a quanto pare è l'evento dell'anno. Cioè, ci va gente da Montauk. Ci si metterebbe di meno ad andare a New York da L.A.!» Praticamente mi stava parlando in una lingua straniera, ma io annuii facendo finta di capire.

«Quindi voglio un focus su quello. L'anno scorso BuzzFeed ci ha rubato lo scoop sulle foto della parete di donut a forma di bandiera americana di Kelly Klein. Questo sarà uno scoop ancora più grande.» Strinse gli occhi. «*Deve* esserlo.»

Non avevo idea che la nicchia dei reportage sulla vita dell'alta società fosse così spietata. (Fui felice di non essere stata lì per la débâcle della parete di donut, di *qualunque* cosa si trattasse.) Ma ero pronta. Non era l'occasione per sfondare come giornalista che sognavo, ma una porta aperta è una porta aperta. E a quanto pareva la Betty di L.A. era decisa a tuffarcisi di testa.

(E finiva per mescolare le metafore. Ecco una cosa su cui dovevo lavorare prima di PUBBLICARE IL MIO PRIMO PEZZO SU "HELLO GIGGLES"!)

«Più grande. Certo. E lo carico entro mezzanotte, no problem.» L'immagine del Grande Brad mi balenò nella mente, ma avrei trovato un modo per conciliare le due cose, a qualsiasi costo. Non volevo rinunciare a nessuna delle due. «Allora, chi è questa ragazza del momento che devo rintracciare?»

«Tieni.» Rebecca scarabocchiò qualcosa su un post-it e me lo passò. «È il suo cellulare privato. Se te lo chiedono, l'abbiamo avuto da... Be', se dovessero domandarti come l'abbiamo ottenuto, fai la gnorri.»

«Okay.» Guardai il post-it. Le lettere in grassetto mi gridavano: è la tua grande occasione, Betty di L.A. Datti da fare.

Anche il nome suonava imperioso, ufficiale. Nessuno a New York può starnutire senza il suo permesso. E *io* dovevo convincerla a parlare con me:

VERONICA LODGE.

Kevin:

Vieni al Twilight stasera?

Moose:

Sì, Midge nn si perde mai quella roba d *Independence Day*.

Kevin:

...

Moose:

Ma...

Moose:

...

Kevin:

?

Moose:

Magari c troviamo dopo?

Kevin:

Vedremo.

6

JUGHEAD

Se Riverdale non cambia mai, il Pop's Chock'Lit Shoppe rimane il suo simbolo più immutabile. L'insegna luminosa al neon è praticamente un monumento di suo. Dovrebbero inserire il locale nel Registro nazionale dei luoghi storici. Non voglio neanche pensare a quante ore ho passato con le chiappe incollate a uno di quei divanetti in vinile, o a quanti hamburger Pop ha inserito sul mio "conto aperto".

Li pagherò, ovviamente. Appena posso. Devo solo capire come, ma è più facile a dirsi che a farsi. Archie lavora per suo padre. *Mio* papà... be', in teoria anche lui lavora per il padre di Archie. O almeno dovrebbe essere così. In questi giorni abbiamo orari così diversi che non lo vedo mai. Il mio senso di ragno mi dice che non è una bella cosa.

Archie, mio padre... stanno *tutti* sparendo dalla mia vita quest'estate?

Magari mi sbaglio a dire che non cambia mai niente a Riverdale. È come quella poesia che dice "Niente che sia d'oro resta".

C'è da stupirsi che Pop's sia diventato la mia seconda casa? È sempre aperto e Pop è sempre dietro il bancone. Almeno un punto fermo nella mia vita.

Come dicevo, quella mattina il parcheggio era abbastanza vuoto, ma non totalmente deserto; quando mi avvicinai, vidi Jason Blossom appoggiato al muro laterale dell'edificio, curvo sul telefono, a digitare all'impazzata. Alla luce del sole che sorgeva, la sua carnagione sembrava ancora più pallida. Jason era accigliato.

«Ehi» dissi avvicinandomi. Lui alzò lo sguardo e mi diede un'occhiata veloce. La sua espressione era totalmente imperscrutabile.

Io e Jason frequentiamo gente molto diversa. È il tipo di ragazzo che... non è mai stato troppo felice di vedermi, e quella mattina non faceva eccezione. Non la presi sul personale. In tutta sincerità, a vederlo lì nella luce accecante del sole, mi ricordava un fantasma.

«Scrivi alle tue fan in adorazione?» Era una cosa strana da dire, ma del resto Jason era nella squadra di pallanuoto della scuola: almeno due terzi delle ragazze si erano prese una cotta per lui in qualche momento degli anni passati alla Riverdale High.

«Uhm, certo.» Tornò a guardare il telefono e si rimise a digitare. Non riuscivo a decifrare l'energia che emanava: era carico, vigile e all'erta, ma anche distratto, preoccupato e nervoso. Per quanto mi riguarda, erano troppe emozioni per una persona sola. Non sono nemmeno sicuro che si fosse reso conto che ero ancora lì. Colsi il segnale.

La campanella sopra la porta d'ingresso trillò mentre entravo nel diner. Pop stava pulendo il bancone, ma alzò gli occhi e mi fece un sorrisone che compensò la totale mancanza di interesse di Jason. «Jughead Jones! Me lo sentivo che saresti passato.»

«Sono così prevedibile, Pop?»

«La prevedibilità è ottima per gli affari, ragazzo mio.»

«Temo che valga soltanto per i clienti che pagano il conto» risposi imbarazzato.

Mi fece un cenno con la mano. «Non sono preoccupato. Ci regoleremo presto.» Riempì una tazza di caffè nero e la fece scivolare verso di me. «Allora, è troppo presto per un hamburger?»

Alzai gli occhi al soffitto. «Mai.»

Doppio cheeseburger, cottura media, rosato all'interno con il formaggio fuso che cola sul pane (non tostato... non lo prendevo *mai* tostato). Sottaceti, pomodori, magari una cipolla, ma niente lattuga – è solo acqua in forma croccante. Era quello che ordinavo sempre e ovviamente Pop lo sapeva a memoria. Nonostante il sole fosse appena sorto, mangiai come se non avessi avuto idea di dove procurarmi il pasto successivo (anche se sapevamo tutti che probabilmente sarebbe stato lo stesso, identico cibo in quello stesso posto). Avevo appoggiato il mio vecchio, fidato portatile ingombrante sopra il bancone, di fianco a me, ma non l'avevo ancora aperto. Mi stavo concentrando principalmente sul cibo.

«Le patatine sono abbastanza croccanti?» chiese Pop, riempiendomi di nuovo il bicchiere d'acqua. Mi piacevano talmente cotte da essere quasi bruciate. Ne sollevai un campione perfetto in segno di ringraziamento e poi lo divorai.

«Dieci e lode, come sempre.» Me ne infilai in bocca un'altra manciata.

«Attento. Se non rallenti e non ti metti a masticare, finirai per strozzarti. E io non voglio essere responsabile di una cosa del genere.»

«Non ti preoccupare, Pop, non sono certo un principiante. Non succederà.»

Presi un bel sorso d'acqua e lanciai un'occhiata al cellulare. Avevo ancora un sacco di tempo prima di dover andare al Twilight e cominciare i preparativi per il film. Una mattinata piacevole al computer sarebbe stata anche carina... se non mi avesse ricordato quanto poco avevo da fare. Quanto poco avevo al mondo.

E tuttavia... non vedevo l'ora di fare la gita con Archie. Quasi non volevo ammettere a me stesso che stavo davvero aspettando quel momento. Soprattutto visto che nel mio telefono non c'erano né chiamate perse, né messaggi.

«Hai....» Cercai di fingere nonchalance, ma forse Pop aveva ragione, mi stavo davvero ingozzando troppo, perché per un attimo mi mancò il fiato. Mi ricomposi. «Archie è venuto qui di recente, Pop?»

Davvero è passata una settimana da quando ci siamo parlati come se niente fosse?

Davvero. Certo che sì. E io lo sapevo benissimo.

Pop fissò il vuoto per un attimo, riflettendo. «Di recente? Non saprei. A volte viene a prendere il pranzo da asporto per suo padre – è un bravo ragazzo.»

Un bravo ragazzo, ecco cos'era Archie Andrews. E anche un buon amico... almeno una volta.

«Ma no» proseguì Pop, interrompendo le mie fantasticherie momentanee. «Non lo vedo da almeno qualche giorno. Non so cosa stia combinando. L'ultima volta che si è seduto era con te, la sera del temporale. Una settimana fa?»

«Giusto.» La sera in cui mi aveva raccontato della sua musica, quando avevamo pianificato di andare a Centerville.

«Non dovrei essere *io* a chiederti cosa combina?» continuò Pop. «Visto che voi due siete inseparabili?» Anche lui fingeva nonchalance, ma sapevo che stava facendo attenzione a ogni parola, ogni microespressione. Pop non perde un colpo.

«Le cose cambiano, immagino» dissi, ammettendo finalmente l'inevitabile ad alta voce. «Persino nella vecchia, sonnolenta Riverdale.»

La porta trillò come a comando, con un tempismo talmente perfetto che per un attimo pensai che in qualche modo avessimo evocato Archie con il solo potere di suggestione. Ma era Dilton Doiley, di ritorno da una delle sue folli esercitazioni di sopravvivenza antelucane che faceva con i suoi scout.

«*Ecco* qualcuno di veramente "prevedibile".» Inarcai un sopracciglio. Dilton seguiva il principio dell'essere "sempre pronti a tutto" all'ennesima potenza.

Dilton mi lanciò un'occhiataccia e si aggiustò la bandana rossa (anche se, a essere sinceri, la sua tipica espressione è guardinga e minacciosa di per sé).

Si scostò un ciuffo di capelli spessi da dietro gli occhiali. «È cruciale essere pronti per qualsiasi evenienza nel mondo pieno di pericoli di oggi, Jughead. Non tutti possiamo permetterci il lusso di seppellirci in» indicò il mio portatile «*storie* inventate.»

«Sì, certo» dissi io, cercando di non far agitare ulteriormente Dilton. «Un mondo pieno di pericoli, come no. Stupido io che avevo appena definito Riverdale "sonnolenta".» Scrollai le spalle. «Non succede nulla qui.» *A meno di non voler contare quello che stava succedendo con Archie, qualunque cosa fosse.* «Cioè, a parte la volta in cui Weatherbee ti ha chiamato nel suo ufficio perché avevi... portato un coltello a scuola?» Era stato in maggio, prima degli esami di fine anno.

Altra occhiataccia. «Un coltellino a serramanico, sì. Tipica attrezzatura scout. L'intera faccenda è stata ridicola. Ma questo è il mio fardello.» Annuì, come per rassicurare se stesso delle proprie parole. «Non hai idea di come sia, Jughead. Sapere che sta per succedere qualcosa di orribile. Esserne *certo*. Ma non sapere cosa o quando.»

«Dilton, ti hanno mai detto che sei un po' deprimente?» Sorrisi per far vedere che lo stavo solo prendendo in giro. (Cioè, a *me* lo dicono di continuo. Fra persone deprimenti ci si capisce.)

«Mio padre diceva sempre: "Il mondo è difficile e non perdona. L'universo ci dà la caccia. Le cose *non* si risolvono sempre nel migliore dei modi".»

Pensai a mia madre, al viso di Jellybean che mi guardava da sopra la spalla, dal finestrino posteriore, mentre la macchina si allontanava. «Vero.»

«Basta guardarsi intorno» continuò Dilton, come se ci fosse stato qualche indizio sui misteri dell'ignoto inciso sul ripiano in linoleum del bancone di Pop. «Non credi che sia... *significativo* che il giorno di festa coincida con una *luna di sangue*?»

«Io... devo essere sincero, non me n'ero reso conto.» *E non ho idea di cosa sia una "luna di sangue"*, ma non persi tempo ad aggiungerlo. «Dilt... Weatherbee non ti ha detto magari di... uhm, rilassarti un po'?» Fra il suo sguardo laser e la strana energia che emanava Jason Blossom nel parcheggio, l'aria da Pop's era davvero strana quel giorno.

Dilton sbuffò. «Che ne sa lui? È uno struzzo, come tutti gli altri: nasconde la testa nella sabbia. L'apocalisse è imminente. E io e miei scout saremo pronti.»

«Se l'apocalisse è davvero *imminente*, perché trascini un branco di scout nei boschi per accoglierla a braccia aperte?»

«Non mi segui, Jones. *Io* sono l'unico pronto per affrontarla. Mi ha addestrato mio padre, e i ragazzi hanno bisogno di me.»

«Okay, okay.» Avrei dovuto sapere che era inutile cercare di ragionare con Dilton. «Terrò gli occhi aperti per questa luna di sangue di cui parli. Probabilmente sarà la cosa più emozionante che succederà a Riverdale per un bel pezzo.»

«Attento a ciò che desideri, figliolo» intervenne Pop. «Magari questa città ti pare sonnolenta, ma sei ancora giovane. Dilton sarà anche un po' teso, ma non gli darei completamente torto.»

«Grazie.» Dilton tirò su col naso.

«A cosa ti riferisci, Pop?» Altro che senso di ragno, mi pizzicava tutta la pelle, come succede sempre quando sto inseguendo una bella storia, quando le parole mi sgorgano da sole dalle dita.

«Anche noi abbiamo le nostre storie. Riverdale, ma anche il Chock'Lit Shoppe. Tenete presente che Pop's esiste da ancora più tempo di Riverdale stessa. Ovviamente all'epoca era diverso.»

Drizzai le orecchie, mentre le dita scivolavano verso il portatile. Qualcosa mi diceva che era un racconto degno di essere trascritto. Lanciai un'occhiata a Pop, in attesa. Dilton si appollaiò sullo sgabello al mio fianco, curioso quanto me.

«Mio padre, Pop Senior, ha aperto questo locale come farmacia e bancone con il distributore di bibite. Niente cibo, solo gelati e bibite analcoliche.»

«Niente hamburger?» Mi brontolò lo stomaco solo a pensarci. «È un insulto.»

«Alla gente non sembrava creare problemi» rispose Pop. «Ho servito persone di ogni genere. Persino delle celebrità.»

«Celebrità. A *Riverdale*?» Josie e le Pussycats erano la cosa più vicina a delle celebrità che avevamo, di questi tempi. Nemmeno Thornton Wilder si sarebbe potuto inventare una Riverdale più pittoresca di così.

«Certo. Abbiamo avuto l'onore di servire persino dei presidenti, nel corso degli anni. Alcuni passavano durante le campagne elettorali. Altri... in tempi meno felici.» Gli si oscurarono gli occhi per un attimo, ma non disse altro in proposito.

«Una volta Neil Armstrong si è fermato per un panino al tonno! Ha lasciato una scia di fango per tutto il pavimento» ricordò Pop. «Non che mi importasse, figuriamoci. Quei piedi avevano calpestato la luna. Oh, e una notte, intorno alle due, quella stramba cantante... Madonna... è arrivata con il pulmino su cui festeggiava con i ballerini. Le sono piaciuti così tanto il mio pollo e i miei waffle che mi ha regalato i biglietti per il suo concerto. Ma io li ho dati alle cameriere, non mi piacciono molto gli eventi rumorosi.»

«Dev'essere stato prima che si convertisse al macrobiotico» commentai. «Pop, sono davvero dei begli avvistamenti.» Era pazzesco che tenesse nascoste tutte quelle storie. Magari alla ripresa dell'anno scolastico avrei valutato di pubblicare un suo profilo sul "Blue & Gold" o qualcosa del genere. Pop era un eroe locale, un custode della storia orale.

D'altra parte pubblicare sul giornale della scuola voleva dire *unirsi* alla redazione, e, come credo di aver messo in chiaro, non sono uno che ama unirsi a niente. Quindi magari no...

«Hai proprio ragione, sono grandi avvistamenti.» Pop era chiaramente orgoglioso, e ne aveva tutti i motivi. «A proposito, vedete quella banconota da un dollaro appesa al muro laggiù?» Indicò una cornicetta vicino alla cassa che per qualche motivo non avevo mai notato prima. «È la mancia che mio padre ha ricevuto da uno dei clienti più famosi... o forse dovrei dire *famigerati,* che abbiamo mai avuto. Aveva aperto il locale solo un paio d'anni prima. Era un martedì, nel pieno dell'ora di punta del pomeriggio. L'aria era elettrica. Avete presente quel tipo di sensazione?»

«Sì» risposi io esattamente mentre Dilton diceva: «Decisamente.» "Un po' la sento anche adesso, Pop, a essere sincero."

«Entrò una strana coppia.»

"Mmh." «Strana in che senso?»

«Mio padre poi mi raccontò che aveva capito subito che non erano di qui. I vestiti, l'accento texano... roba ovvia, in realtà. Ma non era solo quello. Alcune persone... hanno addosso l'odore della morte.»

«Già» sospirò Dilton, ma io gli feci cenno di tacere, non volevo perdermi una sola parola della storia.

«Quei due sapevano davvero di morte» continuò Pop. «L'odore era entrato con loro. Stavano seduti troppo vicini, ridevano troppo forte... non riuscivano a non toccarsi di continuo.»

«Mi sembrano dei tipici studenti della Riverdale High» scherzai io.

Pop mi rivolse uno sguardo severo. «Mio padre mi raccontò che quel giorno aveva visto qualcosa che gli aveva gelato il sangue. Andò a portare il conto a quei due ed ebbe... una specie di visione, uno scorcio del futuro.» Pop scosse la testa. «Qualunque cosa avesse visto, quei due avrebbero fatto una brutta fine.»

«Violenza? Tuo padre aveva avuto una premonizione?» Stavamo parlando di percezioni extrasensoriali? Forse era un po' troppo persino per un narratore come me.

«Non entrò nei dettagli, ma sì. Una sparatoria. E una brutta fine. Mio padre non era un sensitivo o roba del genere, non era una cosa abituale per lui. Non gli era mai successo prima, e, per quanto ne so, non gli è mai più capitato dopo.» Pop deglutì. «Il tizio diede a mio padre cinque dollari. Il conto era di soli otto centesimi. Era il periodo della Depressione, sapete, e molti erano al verde. Ma non Bonnie Parker e Clyde Barrow.»

«Aspetta un attimo... mi stai dicendo che tuo padre ha servito *Bonnie e Clyde*?» Quella scarica elettrica mi corse giù per la schiena. Non riuscivo a digitare abbastanza in fretta.

«Ti sto dicendo esattamente questo, figliolo.»

«Forse allora mi sbagliavo» ammisi. «Magari Riverdale nasconde più di quello che sembra. Forse è sempre stato così.» E io che pensavo ai milkshake e ai giardini curatissimi. Ma c'erano anche i gangster e le loro pupe.

Dilton alzò gli occhi al soffitto. «Ma non mi dire. E sapere è potere. Vieni dal Southside, Jug. Non so perché per te sia così difficile accettare che Riverdale potrebbe non essere come sembra.»

Mi irrigidii per quel riferimento alla guerra tra classi sociali. Certo, mio padre aveva una giacca dei Serpents appesa a un gancio dietro la porta della roulotte. Ma era un Serpent solo di nome. Non era una roba tipo *West Side Story*, Jets contro Sharks. «Magari dovrei procurarmi un coltellino anch'io.»

«Scherza finché ti pare. Se io e Pop non riusciamo a convincerti, lo imparerai a tue spese.» Parlò in tono neutro. Mi sembrò quasi una minaccia.

«Dilton, devi darti una bella calmata. Altrimenti finirai per dirmi che Sweetie esiste davvero.» Non riuscii a resistere, dovevo infilarci un riferimento alla versione di Riverdale del mostro di Loch Ness, una creatura mitologica che si nascondeva sulla rive dello Sweetwater River.

«Jughead Jones, piantala» intervenne Pop. «Magari Sweetie è reale, magari no... ma non è un segreto che il fiume ci ha strappato fin troppe persone. Quand'ero bambino, praticamente ogni estate arrivava la notizia di un altro ragazzo incurante del pericolo oppure distratto che affogava nel fiume. Alcuni accettavano la cosa con fatalismo, ma *molti* altri credevano che ci fosse dietro molto di più.»

Aprii la bocca, ma poi la richiusi. Solo un attimo prima Pop ci aveva detto che suo padre aveva avuto un presagio sulla morte di Bonnie e Clyde e quello ci era sembrato abbastanza plausibile. Adesso ci stava dicendo che sul fiume, se non addirittura sulla nostra città, gravava da sempre una maledizione.

«Io, uhm...» La conversazione stava virando verso il fantastico... ma nell'aria c'era ancora quell'elettricità di cui aveva parlato Pop. La sensazione che stesse per succedere qualcosa di ineffabile.

Qualcosa che non saremmo riusciti a controllare. E nemmeno a cancellare.

Dilton mi fece un sorrisetto compiaciuto. Immagino che sia sempre un bel momento quando il burlone locale resta senza battute.

«Certo» conclusi, chiudendo di scatto il portatile e alzandomi. «La storia non è finita qui.»

«La luna di sangue, Jughead» disse Dilton in tono cantilenante ed evocativo. «Fammi sapere se ti serve... qualcosa. Io e gli scout siamo di vedetta.»

«Questo sì che è... rassicurante.» Feci un cenno con la testa a Pop, il nostro codice per "Pensiamo dopo al conto". (A proposito di cose mitologiche: c'era niente di più mitologico di questo *dopo* a cui ci riferivamo sempre?) Stavo cominciando a salutare, quando lo sentii: il rombo nervoso e scoppiettante di un motore.

Un motore da *motocicletta*.

In città c'era una sola moto in grado di fare un casino del genere: quella di mio padre.

Ma che diavolo ci faceva lui lì a quell'ora?

Corsi alla porta appena in tempo per vedere una moto che sfrecciava in lontananza; il tubo di scarico lasciava una scia di fumo che mi era familiare quanto i famosi maccheroni al formaggio preconfezionati della mamma.

"Papà. Era indubbiamente papà."

La moto mi era familiare, già. Così come il simbolo dei Serpents che gli si vedeva sul retro della giacca mentre si allontanava.

Papà:

Jason, rispondi a questi messaggi. So che hai visto Cheryl. So che li leggi. Devi confermarmi che farai quello che ti chiedo.

Papà:

Non è uno scherzo, giovanotto. Ho aspettative altissime. Le abbiamo tutti. Hai un dovere nei confronti della tua famiglia. Sei un Blossom.

Papà:

Jason, la tua disobbedienza avrà delle conseguenze.

***

Papà:

Resta lì. La biscia è in arrivo.

Jason:

È in ritardo e la gente si chiede cosa c faccio qui così presto. Sembra strano.

Papà:

Fai come ti dico e basta.

***

Jason:

C stai ripensando?

Polly:

Mai. Vorrei solo riuscire a parlare cn Betty prima di andare. Anche se nn posso dirle ttt la verità.

Jason:

Nn possiamo dire ttt la verità a nessuno. Ma continua a cercare B. Manca ancora 1 po' a domattina.

Polly:

Lo so! Mi pare ke nn arrivi mai.

Jason:

Arriverà. & allora saremo insieme... & liberi.

Polly:

💏👶

7

VERONICA

«Sei una dea splendente!» mi gridava una bionda slanciata, con un'intensità totalmente agli antipodi del suo aspetto imperturbabile, flessuoso e impeccabilmente in forma.

Le dee splendenti di solito non grugniscono e non grondano sudore, ma le regole non valgono più durante le lezioni di spinning e io ero in trance agonistica. E poi non c'era nessuno a vedermi in tutta la mia gloria da semidea, paonazza per lo sforzo: le palestre SoulCycle facevano *tanto* 2015 e passare a Flywheel quando i soci fondatori avevano preso strade diverse sembrava un po' come lanciare una sfida tipo East Coast/West Coast. Quando si tratta di scegliere da che parte stare, alla fine sarò sempre #TeamMeStessa.

E quindi cos'altro può fare una ragazza per bruciare calorie? Semplice. Ovviamente: se lo costruisci, la gente arriverà. Dove "lo" si riferisce a una sala da spinning con tre bici Peloton di fianco alla mia camera (abbiamo convertito la sala cinema dopo aver comprato l'appartamento sotto il nostro, creando un'altra sala proiezioni con il doppio dei posti. Due piccioni con una fava!). *La gente* invece era Heather (e a volte Oceanna, quando Heather faceva un allenamento intensivo pre-Oscar e simili per i suoi clienti vip di L.A.). La mamma l'aveva trovata al culmine della mania delle palestre Orangetheory nell'Upper West Side; l'aveva convinta a passare ai clienti privati e Heather non era mai tornata indietro.

Heather prese due pesi leggeri da dietro il sellino della sua bici e alzò un sopracciglio, indicandomi di fare lo stesso. Le lanciai l'occhiataccia più potente che mi riuscì.

«Ci sei quasi» mi spronò lei. «E i tricipiti sono i nuovi addominali.»

Avrei voluto passare direttamente a qualunque cosa stesse inevitabilmente per prendere il posto dei nuovi tricipiti al vertice della classifica di gradimento, ma riuscii a fare due serie di ripetizioni prima che la musica rallentasse e passasse a un remix in stile ballata di una nota canzone da discoteca e che Heather abbassasse le luci e pronunciasse finalmente le parole magiche: «Sganciati dai pedali».

«*Tu* sei una dea splendente» le dissi, scendendo felice dalla bici e allungando una gamba contro il manubrio per distendere i muscoli agonizzanti. «Scusa per quello che posso aver detto durante le parti in salita.»

«Sei stata bravissima oggi, Ronnie. Come al solito.» Heather sorrise.

«Mi conosci, sono una perfezionista.» Liberai i capelli dalla coda scarmigliata e li scrollai, rilasciando la tensione al collo e alle spalle.

«Non c'è da stupirsi che tu sappia essere così minacciosa.»

Mi girai e vidi "Old Faithful", ovvero Nick St Clair, appena oltre la porta socchiusa. Nick è il tipico ragazzo dell'alta società – immaginatevi Gatsby alle superiori, nel bene e nel male. E in sostanza pendeva dalle mie labbra perfettamente truccate, ma non riuscì comunque a resistere e lanciò una bella occhiata di apprezzamento ai miei vestiti aderenti da palestra. (E non potevo certo fargliene una colpa. Le cose in lycra mi stanno benissimo.)

«Non mi fissare, è indecoroso per un uomo del tuo rango» lo presi in giro. «E non far finta di avere paura di me.»

(Non stava facendo finta. Tutti hanno paura di me, almeno un po'. Altrimenti come riuscirei a fare tutto quello che faccio?)

«Mi ha fatto entrare Smithers. Mi ha detto di portarvi questo.» Nick mi porse un vassoietto d'argento con due bicchieri di acqua al cetriolo. Ne presi uno con gratitudine e passai l'altro a Heather.

Lei ne prese un sorso, poi si allungò per darmi un bacio sudato senza sfiorarmi la guancia. Mi diede una pacca sulla spalla.

«Ci vediamo la prossima settimana alla stessa ora. Non mollare il colpo, tesoro. Ci sono gli elastici di resistenza se vuoi dominare quei tricipiti.»

«*Se*» risi, osservando Nick che guardava Heather rimbalzare via nei suoi vestiti da spinning ugualmente attillati.

Gli diedi una spinta. «Stai fissando anche lei.»

«Scusa.» Si voltò e si concentrò totalmente su di me. «Ovviamente ho sguardi fissi solo per te. Li domino *io* quei tricipiti se vuoi.»

«Brrr. Rallenta, cuoricino mio. La cavalleria non è morta.» Non era *Casablanca* – sembrava più il primo tempo di un film di Apatow – ma, che ci crediate o no, per Nick St Clair era un tentativo di *romanticismo*.

Tornammo di sopra, dove il tavolo del soggiorno era diventato la centrale operativa: ovviamente c'era la mamma, con Rafe, nella sua tipica divisa composta da skinny jeans neri, maglione grigio con lo scollo a V e scarpe da ginnastica alte in pelle di Gucci. L'auricolare bluetooth faceva capolino da dietro un orecchio, lo sguardo era fisso su un iPad con un livello di concentrazione quasi sovraumano. Diversi altri aiutanti in divisa bianca sfrecciavano per la stanza, sistemando composizioni artistiche di splendidi fiori a gambo lungo, appendendo lucine eleganti e raffinate e radunando i mobili per ottenere il massimo di spazio per l'interazione fra gli ospiti. Loro erano le braccia; io e i miei genitori eravamo la mente. Dovevo darne atto a mia madre: in quel momento in casa c'era un numero di persone praticamente pari a quello degli ospiti che avremmo avuto dopo, impegnate nelle varie fasi dei preparativi, e lei non aveva un solo ciuffo corvino fuori posto. Il rossetto – tonalità Natalie di NARS – era impeccabile. Mia madre era davvero a prova di stress.

«Sta venendo bene, mamma» dissi, osservando un'enorme terrina piena dei ricci di mare detti "dollari della sabbia" rivestiti in oro.

«Viene da Sotheby's» rispose lei, intercettando il mio sguardo. «Dalla tenuta di Palm Beach di Douglas Fairbanks.»

«Un gran bel colpo» dissi, ammirando la decorazione. «E staranno benissimo sulla...»

«Toeletta del bagno principale di Lodgehampton!» finimmo insieme, ridendo.

Rafe ci lanciò un'occhiata e sollevò un dito per dirci di abbassare il volume. Continuammo a ridacchiare, ma stavolta più piano, visto che ci aveva sgridate. Quando finalmente ebbe chiuso la chiamata, Rafe appoggiò l'iPad e tornò nel mondo reale.

«Signore, siete adorabili, ma rovinate la reputazione delle famiglie disfunzionali.»

«Piantala, Rafe, i Lodge sono davvero una famiglia felice. Lo so, è raro quanto trovare un unicorno in giardino. Del tutto inaspettato, e ancora più incredibile.» Per un attimo Nick sembrò malinconico, nonostante la sua vita fosse ugualmente magica, e io lo sapevo bene. Ma aveva ragione: mamma e papà erano devotissimi l'uno all'altra, ed entrambi erano devotissimi a me. Forse questo mi rendeva un bersaglio facile per l'odio di persone meno fortunate, ma cosa mi importava? La mia vita era praticamente perfetta.

«Lo dici come se tu fossi Oliver Twist e non Jay Gatsby» lo presi in giro.

«Credo che tu non abbia colto il senso di quel libro.»

«Ti sbagli.» Sogghignai.

«Sii gentile, *mija*» mi interruppe la mamma. Fece un sorriso a Nick. «E a proposito di famiglie felici, non vediamo l'ora di riabbracciare i tuoi genitori stasera.»

«Lo stesso vale per loro. Lo sanno tutti che il quattro luglio dai Lodge è l'evento dell'estate.»

«È per questo che sei qui all'alba delle... Controllai il mio Apple Watch (papà mi aveva comprato il Cartier quando avevo cominciato le superiori, ma a volte ti serve un orologio che mandi *anche* i messaggi). «Be', all'alba di mezzogiorno, quindi in fondo è un orario civile. Ma per poco.» In realtà io ero in piedi dalle sette, con tutto il trambusto che c'era in casa, ma i teenager maschi non dovevano essere animali notturni?

«Non sei felice di vedermi?» Nick finse di mettermi il broncio. Era passato un po' di tempo, in effetti; in genere Nick e la sua famiglia si rifugiavano al mare in Italia nelle settimane dopo la fine della scuola, in qualche villa in Sardegna, mentre noi ci facevamo la guerra per un parcheggio da Nick and Toni a East Hampton, come degli stolti. Si era abbronzato un po', un tocco di colore sugli zigomi scolpiti che contribuiva decisamente a farmi perdonare la sua visita mattutina e non annunciata.

«Sono sempre felice di vederti, *mon cher*. Ma comunque sorpresa.»

«Intendeva dire che è impegnata» intervenne la mamma. «Ronnie, ci serve il tuo inoppugnabile buon gusto per sistemare la casa.»

«Per "inoppugnabile buon gusto" in realtà intende "un paio di braccia in più"» spiegai a Nick. «È il suo modo educato di sfruttarci.»

«Lo dici tu, non io» protestò la mamma, «ma Rafe in effetti ha un elenco di cose da fare per te.»

Rafe toccò lo schermo dell'iPad in modo eloquente. «Delle telefonate» spiegò.

«Scusa, Nick, è il caos più totale. Magari riusciamo a chiacchierare come si deve al party?» Feci una smorfia; sapevamo entrambi che era improbabile che riuscissi a passare *più* tempo con lui una volta iniziati i compiti da padrona di casa.

«Mi accompagni alla porta?» L'avrei fatto comunque, ma lui strinse le sopracciglia in un modo che mi fece capire che era venuto per parlare di qualcosa di specifico.

Quando ci arrivammo, lui si voltò verso di me, spostando il peso da un piede all'altro. Il mio amico aveva decisamente qualcosa in testa.

«Che c'è, Nicky? Cosa mai potrebbe far sudare l'imperturbabile Nick St Clair?»

Lui arrossì. «È solo che... Ah, non so proprio come dirtelo, Ronnie.»

«Dirmi cosa?» Allungai la mano per scostargli i capelli dalla fronte, ma lui trasalì leggermente e si ritrasse.

«Okay» dissi piano. Contai sulle dita mentre parlavo. «Non ti vedo da settimane, passi a salutarmi, allungo la mano per sfiorarti e tu ti allontani da me. Mi sfugge qualcosa? È una specie di indovinello? Comincia con un blocco di ghiaccio in una stanza chiusa a chiave?» Agitai le dita come per minacciare di fargli il solletico e riuscii a strappargli un mezzo sorriso.

«Ronnie, smettila. Scusa, mi sto comportando in modo stranissimo» disse Nick, con un'aria sempre più imbarazzata. «Devo tirarlo fuori e basta.»

«Con tutta questa suspense, spero che sia un colpo di scena tipo "Dynasty", la serie originale.»

(A chi non piace Joan Collins al suo top?)

«Il fatto è che, sì, sono stato via per qualche settimana e... be', lo sai che sono famoso perché, uhm, diciamo che *ho un discreto giro.*»

«In effetti hai una reputazione ben fondata come Casanova impenitente» concordai. «Te la sei guadagnata faticosamente.»

«Eppure, be'... mentre ero via, mi sono reso conto... Be', mi sono reso conto che stavo pensando un sacco. Pensavo tantissimo a *te*, Veronica.»

"Oh. Mio. Dio."

«Nick St Clair» dissi, piacevolmente scioccata. «Cosa sta succedendo? Sei venuto a corteggiarmi formalmente? A invitarmi a un vero appuntamento, vero tipo che lo giuri su Gucci? Perché se è così, è davvero affascinante. Incredibilmente retrò.» Se Nick provava sul serio qualcosa per me, non sapevo proprio quale sarebbe stata la prossima mossa per noi due. Ma non era affatto una brutta notizia.

«In senso buono?»

Risi. «Sì, sciocchino! Ma lo sai che potevi dirmelo e basta.»

«Ci ho provato! Come ho detto, a volte sai essere minacciosa.» Avvicinò le dita per dire "solo un pochino".

«*Moi*? Non ci credo.» Scacciai il suo "pochino".

«Credici.» Mi guardò, stavolta fissandomi dritta negli occhi. «Vabbè. Probabilmente suona un po' da stronzo, ma mi conosci da sempre, perciò sarò sincero: in tutta onestà, non mi sarei mai aspettato che una ragazza mi restasse in mente per settimane, anche a distanza.»

«E quindi questo è una specie di record romantico per te?»

Nick annuì. «Quindi direi che l'unico punto interrogativo riguarda te.»

«Allora vuoi un appuntamento vero» dissi. «Anche se non abbiamo mai fatto niente di più che flirtare.»

«Un appuntamento vero. Esatto. Tipo film con Julia Roberts, in tutto e per tutto.» Nick si mordicchiò il labbro.

All'improvviso sembrava molto giovane e *molto* vulnerabile, due cose a cui non ero abituata. A dire il vero, era un po' emozionante riuscire a rendere Nick così insicuro. Ma non era la sua versione più irresistibile.

Che posso dire? Sono attratta dal potere. È una cosa da Lodge.

Il velo di lentiggini che gli era spuntato in Sardegna gli tremava sugli zigomi. Povero ragazzo, dovevo dargli una qualche risposta.

«Nick» cominciai, stringendo la mano che tenevo ancora nella mia, «lo sai che ti adoro.»

«Ma... forse non in "quel" modo?»

«Sinceramente?» Deglutii. «Non ne sono sicura. Ma forse è perché non ci ho mai pensato prima.»

«Be', magari... pensaci adesso. Possiamo fare un giro in barca a Central Park. O andare sulle montagne russe Cyclone a Coney Island. Sarà come vivere un montaggio di tutte le commedie romantiche degli anni Ottanta.» Mi si avvicinò e mi posò le mani sulle spalle. Sentivo il suo respiro sulla guancia, il calore della sua pelle. Quelle sensazioni cospirarono per confondermi ulteriormente; ero felice di avere del tempo per riflettere su tutta quella faccenda.

«Ci penserò. Te lo giuro.» Mi sentivo la pelle elettrica, come prima di un temporale con tuoni e fulmini, come se stessi vedendo Nick St Clair sotto una luce nuova.

«Prenditi il tempo che ti serve» disse lui con voce roca. «Ma non troppo.»

«Ci sono molte cose a cui pensare» risposi sottovoce.

«Già» disse Nick, anche lui sussurrando. «Probabilmente è meglio che vada, così puoi cominciare a riflettere.» Mi tirò a sé quel tanto che bastava perché le sue labbra mi sfiorassero appena la guancia. «Ci vediamo al party?»

«Cosa?» Per un attimo rimasi praticamente ipnotizzata. Io: Veronica Lodge, quella che teneva tutti in pugno. «Uhm, certo. Il party.» All'improvviso aspettavo la festa ancora più di prima. Non pensavo che fosse possibile.

Nick mi fece un cenno di saluto e scomparve nell'ascensore. Scossi la testa nel tentativo di scacciare l'esplosione spontanea di ossitocina. Avevo delle telefonate da fare! E altri punti dell'elenco da controllare. Non potevo permettermi di restare annebbiata tutto il giorno. Neanche se era una nebbia inattesa e deliziosa come quella.

Mi voltai per tornare in soggiorno e per poco non andai a sbattere contro Smithers. Aveva in mano una pila di fogli di un'altezza inquietante, con la carta intestata della Lodge Industries che faceva capolino. Sembrò sorpreso quando si rese conto di aver incrociato me.

«Archivi un po' di documenti, Smithers?» scherzai. «Come hai fatto a scappare dai preparativi del party? Credevo che fossimo tutti cooptati.»

Smithers sorrise, ma – e forse era la mia immaginazione – il suo viso sembrava teso, soprattutto attorno agli occhi. «Sì, è così. Non si preoccupi, signorina Veronica, vi raggiungo appena finisco di buttare via questi.»

«La carta va di là» gli ricordai, indicando i vari scivoli per la raccolta differenziata costruiti nella parete della nostra cucina abitabile. Che strano: Smithers era anziano, ma non tanto da dimenticarsi le cose.

«Certo» rispose lui. Ma proseguì nella direzione opposta, verso lo studio di papà.

Non aveva molto senso, ma non me ne preoccupai neanche troppo. In tutta sincerità, con la festa di quella sera e la visita di Nick, avevo già abbastanza cose per la testa.

Midge:

Moose, d'accordo x il Twilight stasera? Riusciamo a vederci prima?

Midge:

Nn tenermi sulle spine, Moose!

Midge:

OK devi essere impegnatissimo. C sentiamo dopo, sxo anke di vederti!
😍

8

ARCHIE

Da casa di Geraldine dovevo fare altre due tappe veloci, il tutto prima che papà si accorgesse che non ero in casa. Mi credeva quando gli dicevo che andavo a correre – principalmente perché lo facevo davvero, la maggior parte delle mattine; il coach Clayton era stato molto chiaro sul fatto che dovevamo tenerci in forma durante l'estate – ma era comunque meglio che papà non se ne accorgesse e basta.

Anche se odiavo nascondergli le cose.

La prima tappa era la Riverdale High. L'edificio alto in mattoni rossi sembrava il primo risultato di una ricerca Google di immagini della "tipica scuola americana", con un'ampia scalinata curva e il portone principale dipinto di rosso acceso. Quel portone è sempre chiuso a chiave d'estate, a meno che non ci sia un evento speciale in corso. Generalmente.

Ma l'entrata posteriore, vicino al campo da football? Quella è sempre aperta.

È uno dei "segreti" meno segreti di Weatherbee. Il coach Clayton organizza delle esercitazioni verso la fine dell'estate, man mano che si avvicina la ripresa della scuola, e vuole che i membri della squadra abbiano accesso alla palestra per allenarsi, anche da soli. All'inizio era un privilegio riservato ai Bulldogs. Ma questo è un paese piccolo e tutti sanno i fatti degli altri – per la maggior parte – perciò ovviamente gli studenti sanno come entrare a scuola se ne hanno bisogno. E diversi ne approfittano, di quando in quando.

La buona notizia era che non c'erano tanti studenti che cercavano di *entrare* nella scuola durante le vacanze estive. Quindi i miei segreti erano al sicuro per un altro po'.

Era facile fare battute sul fatto che la signorina Grundy – cioè, *Geraldine* – mi stava, sapete, *dando lezioni di musica*, tipo con le virgolette sarcastiche e tutto il resto. Ma come dicevo, lo faceva sul serio, e non avremmo neanche... be', non avremmo mai fatto niente se non fosse stato per la musica. È l'unica persona al mondo di cui mi fido a proposito del fatto che scrivo canzoni. Ed è l'unica al mondo che lo prende sul serio. Che *mi* prende sul serio.

Comunque la signorina Grundy mi aveva detto che c'erano dei fogli pentagrammati nuovi nella sua scrivania nell'aula di musica e io volevo prenderne alcuni da portare in campeggio. Geraldine diceva che non si sa mai quando e dove ti può venire l'ispirazione. In genere ha ragione su queste cose. E quindi in mezzo alla natura, con lei al mio fianco... mi pareva probabile che mi arrivasse l'ispirazione. Cioè, anche solo Geraldine aveva di sicuro quell'effetto su di me.

I corridoi erano bui anche se ormai il sole era alto. Non era la prima volta che entravo nella scuola dopo la chiusura (o forse le vacanze estive andavano considerate come *prima* della riapertura?), ma era comunque un po' strano che fosse tutto così silenzioso, come se qualcuno che ci osservava dall'alto avesse premuto il tasto "pausa" su un enorme telecomando. Anche l'aula di musica era completamente vuota, non c'era traccia del passaggio di nessuno a parte l'allestimento di Josie e della sua band. A volte facevano le prove lì. (Così come i Bulldogs, le Pussycats avevano i loro privilegi. Ehi, nessuno ha mai detto che la scuola è un gioco alla pari. Anche se mi dà fastidio, non c'è molto che possa farci.)

Trovai facilmente i fogli pentagrammati, erano nel cassetto più alto della sua scrivania, assieme a dei blocchetti di post-it in colori diversi e una boccetta di roba per le labbra che sembrava di lusso, non da supermercato. L'etichetta diceva "rosa" e io me l'appuntai mentalmente: le piacevano le rose. Tipo nel caso remoto in cui le avessi portato dei fiori. Poteva essere un indizio che mi suggeriva le sue preferenze.

Non so, quel pensiero mi fece aggrovigliare lo stomaco. Cioè, non riuscivo a immaginare un futuro senza... me e Geraldine.

Ma non ero nemmeno uno stupido. Era la mia *insegnante*. Non potevo prevedere esattamente come sarebbe andata a finire. O magari *potevo*... ma non volevo farlo.

Chiusi il cassetto e misi da parte anche quei pensieri, almeno per il momento.

Con i fogli al sicuro nello zaino, mi assicurai di lasciare l'aula esattamente come l'avevo trovata, rimettendo a posto un paio di sedie che avevo spostato. Ero completamente perso nei miei pensieri quando tornai nel corridoio...

...e andai a sbattere contro Cheryl Blossom.

Sembrava sorpresa quanto me, e lasciò cadere quello che aveva in mano, ma si riprese subito. Tipico di Cheryl. Ha i riflessi di un gatto. E ti graffia se la cogli alla sprovvista.

«Archie Andrews» disse lei, scostandosi i capelli rossi dalle onde perfette dietro una spalla «Quatto quatto. Cosa ti porta nei sacri corridoi della Riverdale High così presto, in questa pittoresca mattina estiva?»

«Io, uhm, ho dimenticato una cosa nel mio armadietto» dissi. Era la prima cosa che mi era venuta in mente. Il motivo per cui ero lì non era affare di Cheryl, ovviamente. Ma questo non l'avrebbe fermata.

«Mmh.» Increspò le labbra rosso acceso. «Una storia verosimile. Peccato che tu arrivi dall'aula di musica. Il tuo armadietto è nel corridoio sud. Quindi secondo me hai qualche motivo segreto.» Si tamburellò un dito – anche quello rosso ciliegia – sul mento, come se stesse riflettendo sulla faccenda.

«Cheryl, calmati» le dissi. «Non tutti stanno sempre complottando qualcosa come te.» Se solo avesse potuto sentire il cuore che mi rimbombava nel petto. Per il momento nessuno sapeva di me e Geraldine, e avremmo protetto il segreto a ogni costo.

«Touché» rispose Cheryl, chinandosi a raccogliere quello che le era caduto. «Ci sta, anche se mi pare che protesti un pochino troppo. Non sei il bravo ragazzo che dà sempre a tutti il proverbiale beneficio del dubbio?»

Bravo ragazzo. Alla gente piaceva definirmi così. Chissà cosa avrebbe pensato Cheryl se avesse saputo la verità su di me... se l'avessero saputa tutti. Mentivo a mio padre, criticavo le scelte del coach... e poi ovviamente c'era Geraldine...

«Aspetta, hai... la giacca sportiva di Jason?» Non volevo nemmeno ficcare il naso – e non ero certo nella posizione migliore per farlo, anche se avessi voluto – ma la domanda mi uscì spontanea quando notai cos'aveva in mano.

«Non ti sfugge niente.» Lo disse in un tono abbastanza di sfida, ma... Era una mia impressione o sul *suo* viso era balenato un barlume di senso di colpa?

Non sapevo per cosa potesse sentirsi in colpa Cheryl.

Ma non sapevo neanche perché avesse bisogno di quella giacca. Lei e Jason erano così legati che praticamente vivevano in simbiosi, ma era comunque strano.

«Sto solo facendo un favore a Jay-Jay» rispose lei, comprendendo la mia espressione. «Gli serve subito, Dio solo sa perché, e lui è impegnato con... be', diciamo solo che il mio caro fratellino ha un lungo elenco di cose da fare oggi. Quindi hashtag: *#gemellainsoccorso*.»

Avevo comunque la sensazione che stesse nascondendo qualcosa, ma dovevo riconoscerglielo: era una maestra nel rigirare le cose. E io non avevo intenzione di insistere. Non quando anch'io avevo il mio elenco di cose da fare. Mi fissò con i profondi occhi castani. «La famiglia è tutto, Archie-bello.»

«Sono d'accordo» dissi io, un po' scosso dai suoi modi così impetuosi. Cioè, Cheryl aveva un atteggiamento *impetuoso* di base, ma mi aveva comunque fatto effetto. «A proposito di famiglia, devo andare da Pop. Volevo prendere il caffè e qualcosa per colazione per papà e alcuni degli operai.»

«Che coincidenza, vengo da lì. C'era un gran movimento, per essere prima dell'alba. Hai mancato il tuo fratello surrogato – e anche suo padre, per la verità. Ma non credo che si siano incrociati fra loro.»

«Jughead era da Pop's?» Non so perché la cosa mi stupisse; Jug praticamente vive al diner. Sentii una fitta di senso di colpa; non conoscevo tutti i particolari, ma sapevo che le cose a casa di Jug non andavano bene in quei giorni. Ed ero conscio del fatto che un tempo *avrei saputo* tutti i particolari. E poi non avevamo organizzato qualcosa per il quattro luglio? Cavoli, me n'ero completamente dimenticato quando avevo cominciato a fare piani con Geraldine. Dovevo mandargli un messaggio al più presto. Ecco un altro modo in cui il "bravo ragazzo" stava venendo meno ai suoi doveri.

Poi afferrai il resto della frase di Cheryl. «*F.P.* era da Pop stamattina?» Il padre di Jughead non era propriamente mattiniero. Era più un nottambulo da manuale.

Cheryl scrollò le spalle. «Ho sentito una moto; ho visto una giacca. Non mi sono propriamente fermata a indagare. Ero lì solo per trovarmi con Jay-Jay. Ero preoccupata, è stata una cosa veloce. E comunque non lavora per tuo padre?»

«Sì.» F.P. e mio padre avevano fondato insieme quella che adesso era la Andrews Construction. Adesso F.P. da socio era diventato parte della squadra di operai. Papà non mi aveva mai spiegato la cosa nei dettagli.

Forse io e lui ci nascondevamo più cose di quello che mi piaceva pensare.

Il cellulare di Cheryl suonò fortissimo, interrompendoci. (La sua suoneria era *Rip Her to Shreds* dei Blondie, una scelta talmente tipica di Cheryl che mi veniva da ridere, ma la sua espressione quando vide chi la stava chiamando mi bloccò.) Cheryl non si sprecò a concedermi più di un saluto da sopra la spalla mentre se ne andava, immagino, a cercare un posto con un po' più di privacy per parlare. Il corridoio rimandava l'eco nello stesso modo perfetto in cui Moose Mason lanciava le spirali a football.

Mi pareva che il football se ne stesse sempre in agguato in fondo al mio cervello: sapevo che quel momento sarebbe arrivato appena fossero ripresi gli allenamenti, il momento in cui all'improvviso la mia musica sarebbe diventata una questione di dominio pubblico, perché avrebbe creato un conflitto. Una fonte di distrazione. Odiavo pensarci, ma non riuscivo a *smettere* di farlo.

E poi me ne andai, uscendo dalla stessa porta da cui ero entrato, sbucando – come avrete indovinato – nel campo da football, e mi sentii come se quella fosse una parte di me che non avrei mai, mai dimenticato.

(Non che *volessi* dimenticarla, non completamente. Più che altro ero stufo che il football fosse l'unica cosa che mi definiva. Ed ero ancora più stufo di sentirmi come se non avessi voce in capitolo sull'argomento.)

Ma... Riverdale è una tipica cittadina *americana*, e non ci si dimentica del football a livello scolastico in una tipica cittadina americana. E nemmeno delle rivalità tra squadre di scuole diverse. Perciò la prima cosa che notai quando uscii, con il sole che ormai splendeva alto nel cielo, fu il nostro campo. Il nostro grande campo verde; lo conoscevo così bene che praticamente potevo riconoscere ogni filo d'erba anche solo toccandolo.

Qualcuno aveva riempito il campo di forchette di plastica.

Forchette bianche infilate con il manico all'insù in tutto il campo, a file di cinque centimetri come soldatini di plastica. Era *pazzesco*. Battei le palpebre per essere sicuro che non fosse la mia immaginazione.

(Non lo era.)

Dovevano averci messo delle ore per infilarle nel campo con una tale precisione.

E ci sarebbero volute delle *ore* per tirarle fuori.

Capii subito chi erano i responsabili. C'era solo un gruppo che poteva esserlo: i Baxter High Ravens, ovvero gli acerrimi nemici dei Riverdale Bulldogs.

Mi sentii sprofondare mentre osservavo tutte quelle file di forchette. I Ravens erano indubbiamente organizzati. E precisi. Una volta che il coach Clayton l'avesse scoperto, ci avrebbe chiamati tutti a rapporto per sistemare il campo. Tutti reclutati. E quando l'avesse scoperto Reggie, ci avrebbe chiamati tutti a rapporto per organizzare la vendetta contro i Ravens. Tutti reclutati anche per quello.

Ma la verità era che io non avevo proprio tempo per nessuna delle due cose, e non mi interessava nemmeno.

Forse il "bravo ragazzo" Archie l'avrebbe detto subito al coach del campo. Magari avrebbe informato tutti quanti, facendo davvero, letteralmente, "gioco di squadra".

Quindi magari questa era la prova che mi stavo allontanando sempre più dal "bravo ragazzo" che avevo sempre pensato di essere. Perché non avrei fatto nessuna delle due cose. Non se significava affrontare le conseguenze così presto.

Non sapevo nemmeno più chi ero.

Ero così preso dai pensieri sul campo, su mio padre e su tutti i segreti che mi sembrava che ci nascondessimo a vicenda che quasi non notai l'altra cosa che stava succedendo fuori. Ai margini del campo, nel punto dove le tribune raggiungono il tabellone del punteggio...

C'era una persona che si muoveva. *Più d'una.*

Magari avevo le allucinazioni, o forse ero troppo preso dai milioni di pensieri che si litigavano lo spazio nella mia mente. Ma mi pareva... che fosse Kevin Keller, appoggiato ai montanti di alluminio. Sembrava decisamente Kevin. E indubbiamente non era solo.

"Kevin ha un ragazzo?" Non l'avrei mai pensato, ma c'era qualcun altro laggiù. Qualcuno che credevo di riconoscere. Cioè, il tizio che era con lui era piuttosto riconoscibile.

Doveva esserlo, con un nome come Moose.

Da: JJBlossom@MapleFarm.net
A: BombshellC@MapleFarm.net
Oggetto: Sorellina

Dovevo scriverti, lasciarti un messaggio per ringraziarti di nuovo per avermi aiutato a organizzare la fuga. Parli sempre del nostro "istinto di gemelli", e sì, riusciamo a capire l'uno i pensieri dell'altra quasi quanto capiamo i nostri, ma non puoi immaginare quanto abbia significato per me il tuo sostegno incrollabile in questo periodo infinito e stressante di complotti, organizzazione e preparativi.

Non potevo andarmene senza un saluto con tutti i crismi, uno che spero possa dipingere un'immagine più completa e più vera dei motivi precisi per cui sento che questa fuga è l'unica possibilità che mi resta.

Mi hai sempre detto sinceramente che non approvavi la mia relazione con Polly; non sei l'unica. Se solo sapessi quanto mi ha fatto star male la tua disapprovazione – molto più del rifiuto di Mamma e Papà. Forse i tuoi motivi per non fidarti di Polly erano più puri dei loro? Posso solo ipotizzarlo – forse il modo in cui invadeva i miei affetti e le mie priorità erano fonte di stress per te.

Ma, sorellina mia, ti ho ingannata. Forse non possiamo sapere proprio tutto l'uno dell'altra; non ti sei resa conto che la mia rottura con Polly era solo uno stratagemma. Un trucco che non possiamo più sostenere…

CANCELLA

Parte II

POMERIGGIO

NOTIFICA DI PREAVVISO DI PIGNORAMENTO

(Inadempimento mutuo ipotecario)

Data notifica: 30 giugno

Nome mutuatario: Manfred Muggs, Sr.

TERZO E ULTIMO AVVISO

Notifica richiesta dalle Leggi della Contea di Rockland (Articolo sui Beni Immobili, S7-105.1(a), Codice Commentato della Contea di Rockland).

Con la presente Le comunichiamo che Lei corre il rischio di perdere la proprietà descritta nella presente notifica di preavviso di pignoramento. Lei risulta inadempiente con riguardo al Suo prestito ipotecario e, qualora non pagasse quanto dovuto, o non risolvesse altrimenti la Sua inadempienza, o non addivenisse a un accordo con il nostro ufficio (ad esempio una modifica del prestito o altro programma di riduzione del danno), ci riserviamo il diritto di presentare istanza di pignoramento della proprietà entro 45 giorni dall'invio della presente notifica o entro 90 giorni dalla data dell'inadempimento, a seconda della data che ricorre per ultima.

Inoltre Le comunichiamo che Lei potrebbe aver diritto ad accedere a determinati programmi atti a evitare il pignoramento, ma dovrà presentare al Suo mutuante o gestore la domanda di riduzione del danno allegata alla presente e tutti i documenti necessari.

Per ottenere l'esatto importo necessario per mantenere attivo il prestito e risolvere la Sua inadempienza, La preghiamo di chiamarci al numero verde indicato. **Qualora Lei non fosse in grado di risolvere la Sua inadempienza, La preghiamo di contattarci immediatamente per trattare delle opzioni di rimborso del prestito o altre opzioni volte a evitare il pignoramento, oppure di compilare l'allegata domanda di attenuazione del debito e di inviarcela insieme con i documenti necessari nella busta prestampata fornitaLe (oppure all'indirizzo riportato sulla stessa).**

BUONA GIORNATA!

9

BETTY

LEGNO DA SOGNO

Ragazze, vi capiamo benissimo: che sia la camera a casa dei genitori, la stanza nel dormitorio o il vostro primo appartamento "da grandi", lo spazio personale è il luogo più importante dove esprimere la vostra identità. Ma se non siete ancora proprietarie della vostra casetta (e chi di noi lo è? #OBIETTIVI), potreste avere opzioni limitate in termini di libertà creativa.

Però qui a "Hello Giggles" non crediamo nei limiti!

Ecco che entra in scena la carta da parati rimovibile.

Lo so, lo so, sono anni che parliamo di carta da parati e sicuramente state pensando che ormai le fantasie a fiori sono decisamente *passé*.

SIAMO D'ACCORDO!

I pannelli in legno sono la nuova tendenza.

E come ottenerne l'effetto quando si è giovani, sempre di corsa e con un budget limitato?

Ripetiamo: con la carta da parati.

Siete confuse? Vi spieghiamo subito!

Che ci crediate o no, le fantasie di tendenza di questa stagione sono a tema industriale e grezzo, e decisamente lontane dai reticoli e dai fiori in chintz della nonna. Imparate subito a dire *perlinato* e boiserie... sono le parole chiave della moda del momento.

È carta da parati. È legno. Due look in uno, per uno stile imbattibile. Uno stile vostro, tutto vostro.

Ringraziateci pure!

Caro diario,

avevo esaurito i modi per dire carta da parati e i giochi di parole sul legno che non fossero a rischio censura, ma dopo un pranzo al lavoro, a forza di sangue, sudore e lacrime (e caffeina!), avevo portato a casa il mio primo pezzo per "Hello Giggles". Non sapevo se fare un balletto celebrativo o lasciarmi scivolare sotto la scrivania, dato che ero da raccogliere con il cucchiaino. Forse entrambe le cose.

(Ma non in contemporanea. Sembrava davvero stancante.)

No, non era decisamente roba da Pulitzer. Era appena passabile per la rivista "People". Forse un pelo sopra il livello di "Us Weekly", se volevo essere generosa con me stessa. Era un articolo che ripeteva all'infinito "carta da parati rimovibile". Ma era online, e c'era la mia firma in bella mostra, Elizabeth Cooper. Quello sì che significava qualcosa.

No: significava tutto.

Sospirai, esausta e soddisfatta insieme (l'idea di raggomitolarmi sotto la scrivania mi sembrava sempre più allettante). Mi allentai la coda di cavallo per un attimo e mi misi a fare dei movimenti rotatori con il collo pensando al pezzo su Veronica Lodge che mi restava da scrivere. "Ne avevo ancora per un bel po'." Lei non aveva risposto né ai messaggi, né alle chiamate. Dubitavo fortemente che una mail potesse essere la strategia vincente. Dovevo forse stalkerare il suo account Twitter oppure mandarle un messaggio privato? Mi sembrava… poco professionale. E molto poco da Betty. Neanche da Betty di L.A.

Il telefono mi vibrò sulla scrivania, facendomi fare un salto. Ancora Polly.

Sorellina!, diceva il messaggio. *Mi tieni sulle spine!* Si capiva che aveva davvero fretta di sentirmi. Ma io ero cotta… e stavo anche impazzendo: la peggiore combinazione possibile.

Presi il cellulare. *Scusa! Giornata piena! Primo (e secondo) pezzo da scrivere! C sentiamo dopo?* Ero sicura che Polly avrebbe apprezzato che avessi finalmente l'opportunità di firmare un articolo. Sapeva quanto era importante per me.

Ci fu una pausa brevissima, poi il telefono vibrò di nuovo. *Oddio! Fantastico! Sn EMOZIONATISSIMA x te! Promettimi ke nn ti scorderai d me quando sarai 1 autrice famosa.*

Ero certa che avrebbe capito.

Figurati, scrissi. *Sorelle x sempre. Nn potrei scordarmi d te neanke se volessi, e nn voglio.*

Lei mi mandò il suo Bitmoji con il pollice in su, i capelli biondi e un sorriso da eroina di *anime* giapponesi. *A dopo, ma PROMETTIMI d chiamarmi STASERA.*

Le mandai anch'io il pollice in su. (Sono sempre stata particolarmente orgogliosa della coda alta perfetta del mio Bitmoji.) Normalmente non farei mai aspettare Polly – ci parliamo tipo dieci volte al giorno, come minimo, ma in quel momento sentivo di essere in ballo e di dover continuare a ballare, senza distrazioni.

Scorsi di nuovo i messaggi, poi le chiamate recenti, giusto per sicurezza. Nessun cenno da Veronica Lodge. E ovviamente nessuna mail. Era frustrante.

D'altra parte, ero riuscita a scrivere duecento parole sui pannelli in legno. Veronica Lodge non mi faceva paura.

Tutti quegli anni passati chiusa in camera mia a leggere i gialli di Nancy Drew, con la mamma che mi tormentava sempre cercando di convincermi a uscire. Studiare era un conto – i Cooper dovevano sempre avere voti alti, una facciata perfetta, il mento alto, bla bla bla... – ma leggere, brrr. Alice Cooper non l'apprezzava.

«Elizabeth, cosa ti ho insegnato? I ragazzi non corteggiano le ragazze con gli occhiali» mi diceva, ferma sulla soglia della mia camera.

«Mamma, in che decennio vivi? A nessuno importa se leggo, e se gli importa, tanti saluti! E poi io non porto gli occhiali in ogni caso.» Battei le palpebre in modo ostentato, come un personaggio Disney entusiasta, per sottolineare la frase.

La mamma alzò gli occhi al soffitto; sapevamo entrambe che non era quello il punto. Ma alla fine mi lasciò in pace per la faccenda di Nancy Drew. *Finalmente.*

Il punto era che almeno ci aveva provato; voleva una figlia che fosse una brava ragazza, ma non necessariamente una cervellona. La cosa però le si era ritorta contro, perché leggevo sempre ed ero quasi diventata una giornalista professionista con quel tirocinio estivo.

Ma torniamo a Nancy Drew, il mio primo e più grande amore letterario. Adoravo leggere le storie di una ragazzina adolescente – "potrei essere io!" (anche se all'epoca avevo tipo dieci anni) – che riusciva a risolvere qualsiasi mistero grazie all'intelligenza e ai suoi amici. Volevo essere proprio come lei.

E forse quel giorno, caro diario, mi era capitata l'occasione giusta.

Il fatto è che a Riverdale non succedeva mai niente di misterioso. (Se le delizie di Halloween "scomparivano" prima che arrivassero i bambini a fare "dolcetto o scherzetto", di solito il colpevole era Jughead.) Ma dopo quello che era appena successo al lavoro, mi chiesi se qualcuno non stesse cercando di incastrarmi.

Ero paranoica? Certo. Pazza? Forse. Ma ecco i dettagli:

Ero lì tutta accaldata per l'emozione di aver appena pubblicato il mio primo pezzo. La sera avevo un appuntamento con un bel ragazzo. Mi ritrovavo con una conoscenza enciclopedica dei rivestimenti rimovibili da pareti che probabilmente non mi sarebbe mai più servita, ma CHI SE NE IMPORTAVA? Ero stanca, carica di adrenalina, euforica; mi ero fatta venire male al cuoio capelluto a furia di stringermi la coda per togliermela dalla faccia, ma non mi ero mai sentita meglio.

E poi mi resi conto che avevo anche fame.

Lasciai il telefono sulla scrivania e andai nella cucina di "Hello Giggles". Come tutto il resto dell'ufficio, era arredata in delicati, allegri toni pastello, con scaffali bianchi scintillanti lungo le pareti. Come insegnavano le start-up tecnologiche di tendenza, era strapiena di snack "salutari" irresistibili: acqua al cocco, frutta fresca, dispenser di muesli e frutta secca gourmet e una macchina per l'espresso che richiedeva una laurea in ingegneria, ma faceva un caffelatte di soia senza grassi migliore di quello che vendevano al The Coffee Bean & Tea Leaf.

Presi un pacchetto di snack alle alghe (mi immaginai Archie che rideva, orripilato dal fatto che stessi mangiando volontariamente roba come le alghe e il sushi ora che ero una ragazza di L.A.) e una mela e tornai subito alla mia scrivania.

Quando ci arrivai, trovai Rebecca che mi aspettava.

La sua espressione non mi piaceva per niente.

«Ehi» dissi, cercando di continuare a sorridere. Sembrava turbata per qualcosa, ma cosa poteva avere a che fare con me?

«Betty» cominciò, bruciando ogni speranza che la faccenda non avesse a che vedere con me.

«Che succede?» Mi sentivo stupida, ferma lì in piedi con i miei snack, ma lei era alla mia scrivania e la bloccava; non potevo né sedermi, né appoggiare niente, perciò non mi restava che starmene lì imbarazzata con una mela in una mano e un pacchetto di patatine di alghe nell'altra.

Rebecca si puntò una mano sul fianco. «Lo sai che a "Hello Giggles" ci impegniamo a creare un ambiente basato sul rispetto.»

«Certo.» Mi spremetti le meningi: avevo involontariamente mancato di rispetto a qualcuno? Pensavo che fosse una cosa che succedeva solo nei vecchi video rap, ma forse semplicemente non potevo sapere quello che non sapevo.

«Bene.» Increspò le labbra; dal *beauty round-up* della settimana prima sapevo che portava il lucidalabbra volumizzante "Up in the Air", della nuova collezione ColourPop (giuro) ispirata alle farfalle.

Cioè, se quello non dimostrava che meritavo il titolo di Impiegata del Maledettissimo Mese, cos'altro poteva farlo?

Rebecca esitò, come se stesse valutando fino a che punto spingersi con quello che stava per dire. Poi fece un respiro profondo e allungò la mano sotto la mia scrivania.

«Cosa stai...» Mi interruppi, confusa e infastidita, ma anche decisa a non darlo troppo a vedere. Perché toccava la mia roba?

Tirò su il mio zaino, un modello in nylon trapuntato con fantasia a fiori, come avrete immaginato; era di un rosa che mi era sembrato allegro e luminoso nel negozio, ma adesso mi sembrava appariscente, immaturo e disperatamente sbagliato. Mi venne da rabbrividire nel vederlo pendere dalle dita di Rebecca, con una perfetta manicure giallo acido.

Poi Rebecca appoggiò lo zaino sulla scrivania e cominciò a frugarci dentro.

«Okay, cosa c'è?» Stavolta feci un passo avanti, la rabbia era più forte di qualsiasi senso di subordinazione. Lei sollevò una mano, senza bloccarmi fisicamente (cosa che probabilmente era illegale e per giunta molto poco da "Hello Giggles"), ma lanciandomi un messaggio forte e chiaro.

Ed ecco che spuntarono una palette di ombretti neutri Tarte

"In Bloom", un kit per il contouring con il bronzer e un set di sopracciglia finte ricoperte di glitter dorati. E poi – e per qualche motivo era la prova più incriminante – un maxi abito leggero vedo-non-vedo a fantasia leopardata che riconobbi subito dalla collezione Resort di Michael Kors.

(Ve l'ho detto: Impiegata del Maledettissimo Mese.)

«Betty.» Il mio nome pronunciato da Rebecca sembrava il peggior insulto possibile.

«Non so cosa sia» cominciai. «Cioè, so che cos'è, ovviamente, ma non so cosa ci faccia nel mio zaino.»

«Betty. Fermati.» Di nuovo la mano sollevata di piatto davanti al mio viso, come se non riuscisse nemmeno a tollerare di guardarmi negli occhi. «Ascolta, sappiamo che l'armadio beauty è di tutte, e infatti incoraggiamo lo staff a giocare con quello che contiene, a sperimentare e divertirsi. Altrimenti dove troveremmo le idee per le nuove storie e i nuovi servizi?»

«Giusto.» Anche se le sopracciglia finte dorate non facevano proprio per me, adesso potevo dirlo per certo. (Però in foto vengono DAVVERO bene. Fanno risaltare gli occhi a chiunque le indossi.)

«Sono abbastanza sicura di aver spronato anche te a sperimentare di più con i prodotti omaggio che riceviamo.»

Era vero. Un altro punto contro di me. Ero una che si truccava in fretta, anche nei panni del mio alter ego di L.A.: mascara nero arricciante, un po' di lucidalabbra, un tocco di blush rosato. Eppure per qualche motivo non credevo che si trattasse di un rimprovero per il mio makeup fin troppo prevedibile.

«Ma non pensavo che ti saresti abbassata *a questo livello.*» La sua voce grondava disprezzo.

«Non l'ho fatto. Non mi sono abbassata. Ma immagino...» blaterai, cercando disperatamente le parole giuste per rimediare a quello che stava succedendo. «Sinceramente non so neanche cosa tu intenda con *questo livello.* Sono andata a prendere il sushi, ho cercato di rintracciare Veronica Lodge, ho scritto la storia sulla carta da parati... e basta. È letteralmente tutto quello che ho fatto oggi.»

«Credi che mentire migliori la situazione?» chiese lei aspra. «Senti, mi dispiace che tu sia stata beccata e sia in imbarazzo, ma non c'è altra spiegazione: in qualche momento hai saccheggiato l'armadio. E non sarebbe un problema, se non fosse che per qualche motivo hai deciso di attingere al ripiano più alto.»

Il ripiano più alto, quello dove mettevamo da parte tutto quello che era stato selezionato per un servizio specifico o per uno shooting fotografico. Era uno dei comandamenti di quel posto: Non Rubare dal Ripiano Più Alto dell'Armadio.

Come ben sappiamo, per natura non sono una che infrange le regole.

Ovviamente non avevo preso quella roba.

Mi sentii salire una rabbia che bruciava e ribolliva. Strinsi le mani così forte che riuscivo già a sentire le piccole cicatrici a mezzaluna che si formavano nei punti in cui le unghie penetravano nella pelle.

«Ascolta, Rebecca» dissi, cercando di evitare che mi tremasse la voce, «non so come abbia fatto quella roba a finire nel mio zaino, ma ti giuro che non l'ho presa io.»

Lei sembrava dubbiosa. Non potevo biasimarla del tutto: le prove erano proprio davanti a noi. Se le vedi, ci credi. Ma poi quella rabbia rovente prese di nuovo a ribollire dentro di me: mi ero fatta in quattro per quel lavoro. Ogni. Maledetto. Giorno. Non meritavo neanche il beneficio del dubbio?

«La domanda è perché, Betty?» Rebecca spinse il mio zaino sotto la scrivania e raccolse tutte le cose "rubate".

«Non c'è nessun perché» risposi, lasciando che la rabbia filtrasse dalla mia voce. «Te lo ripeto, non sono stata io. So bene che non bisogna prendere niente dal ripiano alto. E io non rubo. E non dico bugie.» Fissai Rebecca, sfidandola ad abbassare lo sguardo. «Lo sai che questo tirocinio è tutto quello che desideravo. Sai che ho fatto tutto quello che mi hai chiesto da quando sono arrivata qui. Perché dovrei autosabotarmi? Soprattutto quando mi hai appena offerto una grande occasione, l'opportunità di scrivere? Semplice: non lo farei mai.»

Lei distolse lo sguardo, che, devo ammettere, fu una piccola soddisfazione. Poi tornò a guardarmi, calma e composta come se non fossimo ancora andate in fondo alla questione. «Però in qualche modo quella roba è finita nel tuo zaino.»

«Ovviamente.»

«E oggi non c'è nessun altro qui.»

Eppure non era vero. L'ufficio era vuoto, ma non del tutto.

«C'è un'altra persona.» Cleo era ancora al bancone della reception.

Faceva finta di limarsi pigramente le unghie, ma dal modo in cui tendeva le spalle all'indietro capivo che stava ascoltando la nostra conversazione molto attentamente.

Non c'è niente come guardare una iena fatta a pezzi da un leone dal tuo rifugio sicuro e confortevole.

«Spero che tu non stia accusando Cleo di averti incastrata in qualche modo.»

Alzai le spalle. «Qualcuno l'ha fatto. Non so se sia stata lei. Tutto quello che so è che lei è qui. E sinceramente non capisco perché sottolinearlo sia peggio di quello che è stato fatto a me.»

Ci fu una lunga pausa, durante cui mi chiesi se il mio tirocinio da "Hello Giggles" si fosse appena concluso in modo molto poco cerimonioso. E se era così, mi domandai come avrei fatto a dirlo ai miei amici e alla mia famiglia, che tifavano tutti per me da Riverdale.

Ritentai, stavolta più delicatamente. «Rebecca. Non sto accusando nessuno. Ma pare che qualcuno stia cercando di incastrarmi, come hai detto. Non so chi potrebbe farlo o perché. Ascolta, so che non mi conosci tanto bene e che non sono qui da molto, ma *non* ho preso quella roba. Non lo farei mai. Dammi solo la possibilità di dimostrarlo. E di capire cosa sta succedendo.»

Rebecca fissò la confezione di ciglia finte come contenesse i segreti dell'universo. Ci fu un'altra pausa interminabile, interrotta dalle piccole vibrazioni che dovevano venire dal cellulare di Cleo. Oddio, stava raccontando la storia a qualcuno via *messaggio*? Non avevo idea del motivo per cui potesse volermi incastrare, ma l'idea che si stesse godendo il momento rese tutto ancora più duro.

Rebecca sospirò. «Ho letto il tuo pezzo, Betty. Era buono. È ovvio che hai un talento naturale per la scrittura.»

Non stava dicendo che mi perdonava o che tutta la faccenda era archiviata, ma era un complimento. Almeno stavamo andando nella direzione giusta. «Grazie.»

«E qui a "Hello Giggles" crediamo nelle seconde opportunità.»

(Era vero. Rebecca in particolare *adorava* le storie di redenzione delle celebrità. Sguazzava nei racconti di riabilitazione con una patina di pentimento. Non so cosa dicesse questo sulla sua storia personale.)

«Perché non facciamo così? Tutta questa roba torna nell'armadio, sul ripiano più alto, per non essere più toccata.»

Strinsi di nuovo i pugni; avrei voluto insistere che non ero stata io a prenderla la prima volta. Ma mi costrinsi a respirare. «Subito.»

«E se non sparisce più niente...»

Serrai ancora le mani e feci un altro respiro profondo.

«Archivieremo questa storia come un errore in buona fede.»

Ma non è stato un MIO *errore*, volevo gridare. Però sapevo che sarebbe stata una tattica sbagliata.

«Ora occupati del pezzo sulla Lodge» concluse Rebecca. «Credo che siamo pronte per l'inizio delle ferie.»

«Lo faccio subito» risposi.

E dicevo sul serio. Avrei scritto il pezzo su Veronica Lodge, misteriosa, enigmatica erede dell'aristocrazia urbana. E Rebecca l'avrebbe adorato.

Ma non era tutto. Prima di lasciare l'ufficio avrei fatto un'altra cosa: avrei esaminato tutto con gli occhi di Nancy Drew, caro diario. Avrei scoperto chi complottava contro di me.

E poi? Gliel'avrei fatta pagare. *Cara.*

BLOSSOM MAPLE FARMS
MAPLE SYRUP

DALLA SCRIVANIA DI
CLIFFORD C. BLOSSOM

Ai nostri azionisti:

La Blossom Maple Farms ha ricevuto notizia delle recenti preoccupazioni a proposito dei nostri sforzi perché l'azienda prenda le distanze dal lungo rapporto con la Lodge Industries, uno dei nostri primi e più controversi soci. Vi garantiamo che il nostro team ha condotto ricerche approfondite sul modo migliore di gestire questo processo, che sarà affrontato con la nostra tipica raffinatezza e determinazione. Come ben sapete, abbiamo lavorato sodo a lungo per esplorare le ramificazioni legali di questa decisione, che non prendiamo certo alla leggera.

Noi della Blossom siamo certi che, una volta ultimata la scissione, l'azienda vivrà un periodo di crescita senza precedenti.

Contattate pure i nostri uffici se avete ulteriori dubbi o domande.

Cordiali saluti,

Sciroppo d'acero Blossom: "Ci aggiunga un po' di sciroppo, signora!".

10

JUGHEAD

Oltre a Pop's, il Twilight probabilmente era il mio posto preferito a Riverdale, e non solo perché aveva fatto da sfondo ai pochi momenti alla Norman Rockwell che ero riuscito ad avere in quel *freakshow* che è la mia vita. Anche se i Jones sono sempre stati del Southside – il che significa che non abbiamo mai avuto molti soldi in tasca – c'era stato un periodo in cui passavo tutti i sabati sera al Twilight come spettatore e non perché lavoravo come proiezionista.

Ormai sono ricordi lontani, ma è esistito un periodo in cui persino un fallito, semi-alcolista, membro semi-redento di una gang come mio padre riusciva a racimolare abbastanza soldi da infilare tutta la famiglia in macchina per andare al drive-in una volta a settimana.

(Okay, va bene, Jellybean stava nascosta sul pavimento dell'auto per risparmiare un po', ma per noi era comunque un lusso.)

Ci portavamo gli snack da casa – patatine di marche sconosciute, lattine di bibite scontate perché ben oltre la data di scadenza – e, una volta che cominciava il film, Jellybean poteva uscire dal nascondiglio. (A dire la verità, sono abbastanza sicuro che le maschere avessero sempre saputo che c'era e avessero chiuso un occhio. Una volta ogni morte di papa, persino uno del Southside riesce ad avere un momento di tregua, immagino.) Io e lei ci allungavamo sul sedile posteriore, con dei cuscini per appoggiarci alle portiere, e mamma e papà si tenevano per mano sul sedile davanti. Nella bolla di quella macchina non si litigava. Era un qualche strano, magico universo parallelo che in qualche modo ci garantiva due ore in cui ciascuno di noi dava il meglio di sé verso gli altri.

Lo so, lo so, sto diventando insolitamente sentimentale. Ma le serate al cinema erano le rare occasioni in cui eravamo tutti insieme e felici.

Anche prima che la mamma se ne andasse con Jellybean, era da un pezzo che papà non ne organizzava una.

Perciò quando due anni prima Sal, la maschera più anziana, nonché gestore del Twilight, era venuto a chiedermi se volevo occuparmi delle mansioni quotidiane (be', serali, ma avete capito), non avevo motivo di dire di no. Non avrei finito per rovinare un bel ricordo di famiglia trasformando un luogo di svago in uno di lavoro, perché ormai quei ricordi felici avevano già cominciato a svanire.

(Eccovi il tipico cinismo alla Jughead Jones.)

Sì, certo, era un lavoro. Ma era anche un sollievo avere un po' di soldi in tasca per provare ogni tanto a ridurre il mio debito con Pop. E anche se la mia famiglia si era totalmente disgregata, distruggendo ogni legame tra il drive-in e i bei ricordi d'infanzia, quel luogo restava un porto sicuro. *Ancora di più* adesso che era la mia via di fuga.

Conoscevo l'interno della cabina di proiezione tanto quanto le fragili pareti di alluminio della nostra roulotte. Avevo memorizzato tutte le iniziali che ci erano state incise o scritte con il pennarello indelebile, immaginando storie di persone che non decifravo o non conoscevo personalmente. L'odore del campo, fumo e popcorn stantii con sotto una nota profonda di terra, per me era quasi pavloviano; una sola annusata e mi rilassavo, era il posto in cui mi sentivo più vicino alla serenità.

Al lavoro il momento che preferivo era dopo il film – in genere sceglievo io la pellicola, uno dei lati migliori dell'incarico – quando tutte le auto erano sciamate via e i commessi del bar se n'erano andati. Allora c'eravamo solo io e le immagini dello schermo che mi erano rimaste in testa, negativi fotografici che mi scorrevano nella mente, mentre l'aria era piena del senso di soddisfazione per aver portato a termine la missione.

Anche la fase dei preparativi non era male; adoravo il suono del metallo contro metallo che facevano i contenitori delle pellicole quando li aprivi e il fruscio della pellicola data in pasto al proiettore. E mi faceva star bene anche la gente allegra e speranzosa che si godeva la serata fuori, lontano dai drammi cinematografici di quei film che erano le loro vite reali, pronta a lasciarsi rapire dalla storia di qualcun altro.

Anch'io ero piuttosto rapito. Il film era pronto – ero riuscito a trovare un'edizione speciale, una versione *director's cut* con un finale alternativo che avrebbe lasciato tutti a bocca aperta – e stavo spostando un po' di cose per raggiungere la mia sedia nella cabina di proiezione, scorrendo pigramente le scritte sulle pareti in cerca delle iniziali di mio padre e mia madre, come facevo sempre. Anche se sapevo benissimo che non c'erano, che non sarebbero comparse dal nulla all'improvviso. Anche se sapevo che papà non era proprio il tipo da gesti romantici spontanei, in realtà.

Uscii a togliere un po' di immondizia dal campo. In realtà era compito del tizio del bar, Ben, ma lui sarebbe arrivato soltanto più tardi e stranamente sistemare era un po' come meditare. Quando la porta sbatté alle mie spalle, notai due sagome curve vicino allo schermo. Nel sentire il rumore, trasalirono e alzarono gli occhi verso di me; mi resi conto che conoscevo uno dei due.

«Sal?» C'era il gestore. Non veniva quasi mai. E con chi parlava? Con un tizio con la giacca dei Serpents, i capelli unti e i jeans strappati che lo facevano sembrare una comparsa scelta da Central Casting per una qualche replica estiva di *West Side Story*.

«Ehi, Jughead» mi chiamò Sal. Mi salutò dall'altro lato del parcheggio. «Sono venuto per una riunione.» Come se fosse stato uno studio legale o una banca e non un drive-in. Come se quel membro della gang uscito direttamente da *I ragazzi della 56ª strada* avesse avuto una ventiquattrore e non (probabilmente) un coltello a serramanico in tasca.

«Facci sapere se senti qualcosa da Lodge» stava dicendo il Serpent con un bisbiglio simulato che lasciava intendere che sapeva che non avrei dovuto ascoltare quella conversazione, ma in realtà non gliene fregava nulla.

«Posso... tenervi informati.» Sal sembrava a disagio, cosa a cui non ero abituato. Il Twilight era praticamente la sua seconda casa, il suo rifugio di serenità ancora più che il mio.

Si strinsero le mani – in maniera rigida – e Sal venne da me. «Vedo che hai tutto sotto controllo qui, Jughead.» Anche il suo modo di parlare era rigido, meccanico e imbarazzato. «Non che mi aspettassi niente di meno.»

«Certo. Cioè, è il mio lavoro.» E poi cos'altro avevo da fare quel giorno? Chiedere altri dettagli a Dilton Doiley sulle sue teorie riguardo il giorno del giudizio? Era un po' troppo *Number 23* per i miei gusti, grazie.

(Anche se mi ero appuntato mentalmente di chiedere a Pop di raccontarmi qualcos'altro sui clienti più sordidi del Chock'Lit Shoppe.)

«Vado a svuotare il registratore di cassa per Ben, così è pronto per stasera» disse Sal. Si infilò i pollici nelle tasche davanti dei jeans. Odorava di dopobarba da supermercato e di sudore. Come se fosse nervoso. Qualunque cosa fossero venuti a fare i Serpents, lui non ne era contento.

«Ottimo» risposi. Mi costrinsi a parlare con un po' di brio, in stile Riverdale, cercando di far finta che la sua presenza lì fosse normalissima, che quella non fosse la prima volta che ci trovavamo a fare i preparativi insieme dalla settimana dopo la mia assunzione. Sal sembrò grato per il mio sforzo.

Afferrai il sacco della spazzatura che stavo riempiendo e tirai fuori un paio di guanti puliti dalla tasca; non vedevo l'ora di tornare a occuparmi dell'immondizia. Ma prima di riuscirci, mi ritrovai il Serpent davanti alla faccia. Anche lui odorava di sudore, ma in un modo più minaccioso. Sudore, cuoio e qualcos'altro che non riuscivo bene a identificare… e non volevo farlo. «Jughead Jones» mi disse in tono di scherno. «Guardati, sembri proprio un chierichetto. Fai un lavoro onesto, raccogli *la spazzatura*.» Sputò fuori quell'ultima parola come un insulto personale.

«Scusa se la cosa ti offende.» Scrollai le spalle. Non ho paura dei Serpents, al contrario della maggior parte della gente di Riverdale.

È vero, sono una gang, fanno furtarelli e a volte spacciano droga. Ma in genere se ne stanno per i fatti loro e lasciano in pace i bravi cittadini di Riverdale.

Un po' di storia: i Serpents risalgono addirittura agli anni Quaranta, ai tempi della fondazione di Riverdale. Il serpente e tutte le leggi della gang si basano sulla tradizione dell'uktena.

L'uktena è un serpente d'acqua. È anche il nome della tribù indiana che occupava queste terre prima che i nostri fondatori le conquistassero, massacrando gli indigeni. Un simpatico dettaglio: l'assalto fu guidato dal generale Pickens, la cui statua si erge ancora fiera nel Pickens Park di Riverdale.

(In quel contesto è davvero folle che siano i *Serpents* a essere dipinti come i nemici in questo stupido scenario tipico della teoria del Destino manifesto.)

Dopo l'assalto, gli Uktena rimasti crearono i Serpents per preservare l'unità fra i pochi superstiti.

Altro simpatico dettaglio: c'è stato un periodo in cui mio padre era il capo dei Serpents.

Conseguenza un po' meno simpatica: questo fatto lo portò a essere declassato alla Andrews Construction. (Inizialmente ne era socio, ma adesso mio padre ci lavora e basta, perciò quella era una questione di cui io e Archie cercavamo di non parlare.) Questo lo portò a bere di più, cosa che a sua volta spinse la mamma a fare le valigie.

Subito dopo la partenza di lei, mio padre venne da me e mi disse che adesso era un Serpent solo di nome, che stava tagliando i ponti con loro nella speranza di ripulirsi la reputazione e riunire la nostra famiglia.

Non stava funzionando molto bene.

Comunque spiegava perché quel tizio fosse così ostile. Ma non significava che fossi disposto a subire tutto senza reagire.

«Tuo padre lo sa che è così che ti guadagni da vivere? Non gli importa che tu sia praticamente un custode?»

"Sì, ne parliamo tutte le sere, subito prima che mi legga la favola della buonanotte e mi rincalzi le coperte." Cioè, sapeva che lavoravo al Twilight. Ma non avevamo molte conversazioni piacevoli in quel periodo. Perché potesse succedere, sarebbe dovuto stare qualche volta a casa.

«È un vero peccato che tu sia qui a pulire lo schifo della gentaglia di Riverdale. Lo sai che tuo padre potrebbe trovarti un lavoro che paga bene sul serio.» Mi fissò. «Vuoi che gli passi il messaggio?»

Gettai a terra il sacco della spazzatura e feci un passo avanti. «Di che diavolo stai parlando?» chiesi. Ne avevo abbastanza. «Ascolta, non so cosa dirti. Mi spiace che mio padre abbia disertato e che voi non riusciate a farvene una ragione o roba del genere. Ma non mi interessa.»

Lui si tirò indietro e scoppiò a ridere di gusto, come se gli avessi raccontato la barzelletta più divertente del mondo. «È *questo* che ti ha raccontato, figliolo?» Fece un grugnito. «Sei così ingenuo. Mi dispiace essere io a fare il guastafeste.»

«Cosa?» Mi si strinse lo stomaco, ma cercai di non cambiare espressione. Non volevo dargli quella soddisfazione. Anche se quello che mi stava dicendo confermava le mie peggiori paure, in costante crescita, e mi spediva i brividi lungo la schiena.

«Credi davvero che tuo padre abbia disertato? Che adesso righi dritto? E perché? *Perché te l'ha detto lui?* Tua madre se n'è andata, no? Cosa gli resta, a parte i Serpents? Era ovvio che tornasse fra noi.»

Gli resto IO. Suo figlio. Non se ne rendeva conto?

O forse lo capiva... ma per lui non era abbastanza?

«Riflettici, Jones. Dove pensi che passi le sue giornate? E le nottate? Non dorme a casa, giusto?»

Distolsi lo sguardo, senza dire una parola.

«Sta al Whyte Wyrm, scemo.» Fece una smorfia. «In effetti dorme *a casa*, è che tu non hai capito qual è la vera casa di tuo padre.»

Casa. Quella parola mi lasciò di sasso, in un turbine di incredulità e sofferenza.

Il tizio mi spintonò abbastanza forte da farmi barcollare all'indietro. Cercai di farmi venire in mente qualcosa da rispondere, qualsiasi cosa, ma quando ritrovai l'equilibrio lui se n'era già andato.

Il Whyte Wyrm. Era un locale del Southside. Ovviamente l'avevo visto. C'ero anche entrato; non era una cosa di cui noi Jones ci vantassimo, ma sì, sapevo abbastanza cose del legame di papà con i Serpents. Ricordavo le volte in cui da bambino me ne stavo bloccato sul sedile posteriore del nostro catorcio a quattro ruote nel parcheggio del Whyte Wyrm, senza niente da fare se non inventare storie; era perché papà era là dentro a fare qualcosa che io, anche da piccolo, capivo che non avrebbe dovuto fare. Qualcosa di cui si vergognava un po', ma che faceva lo stesso.

(A ripensare a quei momenti, mi resi conto che forse dovevo ringraziare i Serpents per la mia passione per la scrittura e per le storie. Uhm. Dovevo ricordarmi di mandar loro un bigliettino. Certo, quando gli asini voleranno.)

Quando fui un po' più grande – verso l'inizio delle medie – immagino che papà avesse deciso che ero pronto ad affrontare qualche altro dettaglio sulla verità. Fu allora che mi disse cosa rappresentava davvero la sua giacca. Ormai avevo avuto più di qualche indizio in proposito. Se Archie Andrews era troppo borghese, ovvero troppo innocente o troppo gentile per mettere in giro voci o trasmetterle a me, i Reggie Mantle di questo mondo di certo non lo erano. Papà era uno dei capi dei Serpents e io incredibilmente ero stato uno degli ultimi a scoprirlo.

Che fossi di nuovo l'ultimo a venirlo a sapere? *Davvero* mio padre si era ripreso il ruolo? Mi aveva fatto una promessa.

Del resto non sarebbe certo stata la prima promessa che non manteneva.

"Dove pensi che passi le sue giornate? E le nottate?"

Allora non lavorava al cantiere? Cioè, io e Archie eravamo abbastanza grandi da sapere che il legame tra i nostri padri era travagliato. Ma anche se papà e il signor Andrews non erano più soci, mio padre aveva ancora un lavoro... o no?

Volevo che fosse vero, lo volevo disperatamente. Ma del resto *ogni singola cosa che sapevo già di mio padre* era una prova chiarissima: reperto A, B, C... diavolo, potevo arrivare alla fine del maledetto alfabeto.

Tirai un calcio al sacco della spazzatura che avevo ai piedi, provando ancora più rabbia quando l'immondizia che avevo appena raccolto schizzò dappertutto. Che stupido. E chi doveva raccoglierla di nuovo, ovviamente? Io.

Ma non in quel momento. Avevo un'altra cosa da fare.

Dovevo andare immediatamente alla Andrews Construction.

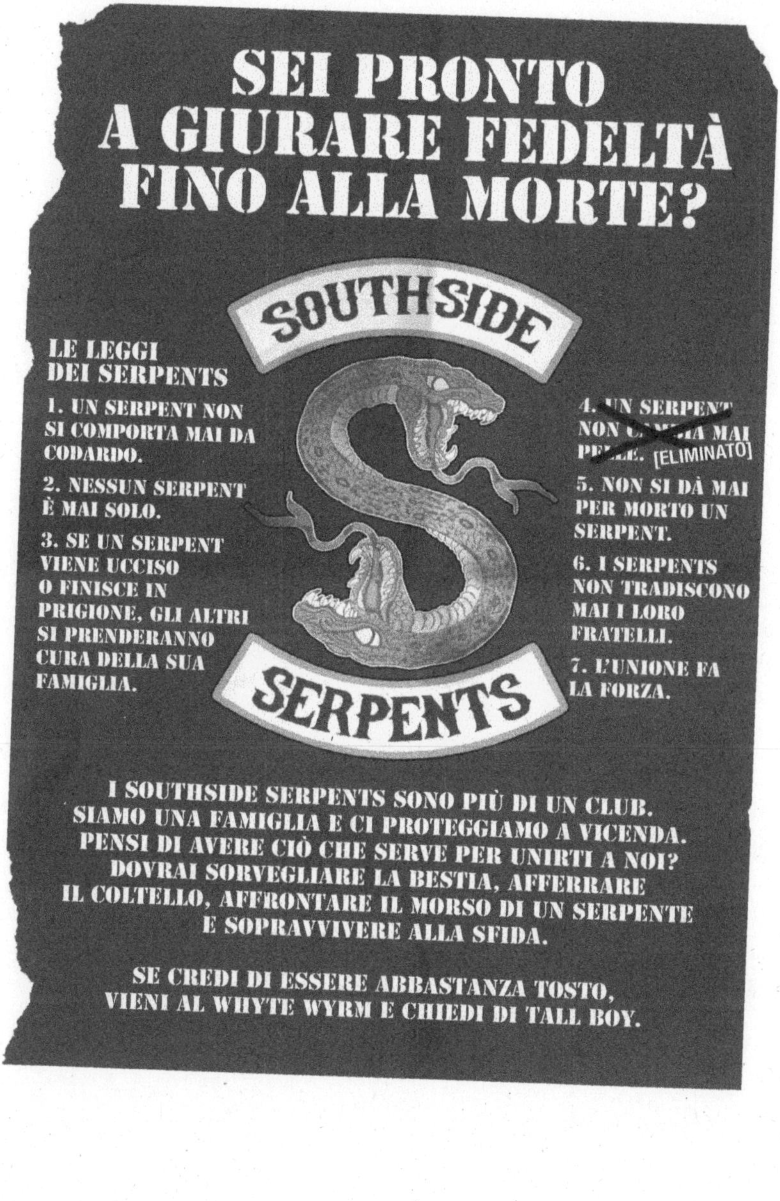
SEI PRONTO A GIURARE FEDELTÀ FINO ALLA MORTE?
SOUTHSIDE
SERPENTS
LE LEGGI DEI SERPENTS
1. UN SERPENT NON SI COMPORTA MAI DA CODARDO.
2. NESSUN SERPENT È MAI SOLO.
3. SE UN SERPENT VIENE UCCISO O FINISCE IN PRIGIONE, GLI ALTRI SI PRENDERANNO CURA DELLA SUA FAMIGLIA.
4. ~~UN SERPENT NON CAMBIA MAI PELLE.~~ [ELIMINATO]
5. NON SI DÀ MAI PER MORTO UN SERPENT.
6. I SERPENTS NON TRADISCONO MAI I LORO FRATELLI.
7. L'UNIONE FA LA FORZA.
I SOUTHSIDE SERPENTS SONO PIÙ DI UN CLUB. SIAMO UNA FAMIGLIA E CI PROTEGGIAMO A VICENDA. PENSI DI AVERE CIÒ CHE SERVE PER UNIRTI A NOI? DOVRAI SORVEGLIARE LA BESTIA, AFFERRARE IL COLTELLO, AFFRONTARE IL MORSO DI UN SERPENTE E SOPRAVVIVERE ALLA SFIDA.
SE CREDI DI ESSERE ABBASTANZA TOSTO, VIENI AL WHYTE WYRM E CHIEDI DI TALL BOY.

Cam:

Dv 6, Nicky?

Nick:

Appena uscito da casa d Ronnie. Vedo Tommy x il brunch fra 10 min.

Cam:

Oddio e allora??? Nn tenermi sulle spine.

Nick:

Sembrava sorpresa, ma credo proprio ke c sia cascata.

Cam:

Ronnie. Veronica Lodge. C'è cascata quando TU... Cos'hai fatto? Le hai giurato amore eterno?

Nick:

Qualcosa del genere. E SÌ, c'è cascata. Xké ho 1 fascino irresistibile.

Cam:

Dillo a qualcuna che NN è riuscita a resistere al tuo fascino.

Nick:

Mai dire mai, baby.

Cam:

Bleah. Mai dire baby, piuttosto.

Nick:

Prendo nota. E TU dove stai andando?

Cam:

Vedo Annie al Lalo. Volevamo 1 posto dove nn rischiavamo d incontrare nessuno.

Nick:

Secondo me vuoi dire nessun LODGE.

Cam:

Credi che siamo TROPPO cattivi? A scombinare il cervello d V quando SAPPIAMO cosa sta x succedere? Tipo ke la sua famiglia verrà distrutta e data in pasto ai lupi & e noi nn sl c prepariamo x lo spettacolo, ma la prendiamo anke in giro?

Nick:

TROPPO cattivi con Veronica?

Cam:

Be'...

Nick:

Credi che lei non girerebbe il coltello nella piaga, se stesse succedendo a noi? Fanculo al senso d colpa. Sono pronto x lo show. Magari stasera porto anke i popcorn.

Cam:

🍻

Cam:

Sto arrivando. Mi ordini 1 caffelatte cn latte d mandorla?

Annie:

Sai che qui hanno sl latte d soia.

Cam:

OK no problem. Soia. Faremo finta ke sia ancora il 2014. Ke cosa tenera. Ho appena sentito Nicky. Dice ke Veronica nn ne ha idea.

Annie:

COSA? Come può nn averne idea? Nn parlo d noi. Ma le voci su suo padre girano OVUNQUE.

Cam:

Rifiuto della realtà, tesoro. Sn sicura ke Maria Antonietta non aveva mai pensato d essere catturata dagli insorti.

Annie:

Vive la révolution.

11

VERONICA

Ero ancora scossa dalla visita inaspettata di Nick St Clair quando tornai da mia madre in soggiorno; lei stava scorrendo qualcosa sull'iPad con grande attenzione, con le dita con una manicure perfetta. Mi guardò mentre entravo. «*Mija*, sei tutta rossa. Ancora più di quando sei tornata su dalla sala spinning.» Mi lanciò un'occhiata che era per un terzo curiosità e per due terzi malizia. «Che cosa voleva quel ragazzo?»

Agitai la mano per chiudere il discorso. «Oh, cos'è che vogliono tutti i ragazzi, in fondo?» Perché la verità era che anche se mi piaceva la compagnia maschile – e se mi piaceva ancora di più che tutti i ragazzi più ricercati volessero *moi*, ovviamente – dovevo ancora trovarne uno che mi facesse davvero perdere la testa. E per il momento mi stava bene così. Andava benissimo se erano i miei aspiranti corteggiatori a perdere la testa e non io.

«Non lo so, Ronnie» rispose la mamma sorridendo. «Le tue parole dicono una cosa, ma le tue guance paonazze ne dicono un'altra, completamente diversa.»

«Vedremo.» Alzai gli occhi al soffitto. «Verrà al party. A proposito, se mi consenti di cambiare discorso in modo quasi impercettibile, adesso sono a tua totale disposizione per i preparativi.»

«Prima fatti una doccia, *mija*. Magari una doccia fredda.»

«Smettila.»

«Okay, okay. La smetto. Ma fattela sul serio, la doccia, a qualsiasi temperatura tu voglia. E poi potresti ordinare dei cappuccini e delle paste da Lalo? Sai quali intendo. Ne ho una gran voglia. Tutti questi preparativi richiedono un po' di rinforzi.»

«Certo» risposi, con lo stomaco che mi brontolava al pensiero delle monoporzioni di Saint-Honoré che scintillavano nella vetrina dei dolci. «Oppure posso andare direttamente a prenderli io, se non ti scoccia troppo aspettare. In tutta sincerità, è una giornata splendida e il caldo non è ancora troppo proibitivo. Non mi dispiacerebbe prendere un po' d'aria.» Lalo era a una decina di isolati verso nord, più lontano di quanto non mi spingessi di solito per una dose di caffeina ma, adesso che la mamma l'aveva nominato, anch'io avevo una gran voglia dei loro dolci. E poi volevo sciogliere i crampi dello spinning camminando.

«Non mi scoccia affatto. Goditi la passeggiata! E mentre esci, puoi ricordare ad Andre che il sarto dovrebbe mandarci i vestiti per stasera entro un'ora?»

«Certo.»

Il quattro luglio ci vestivamo sempre di bianco, ovviamente, e i nostri abiti dovevano caderci in modo perfetto. Il mio era di Chloé, di pizzo fatto all'uncinetto, mentre la mamma avrebbe indossato un impeccabile vestito di seta a pieghe di Armani.

Il quattro luglio significava abiti bianchi... e labbra rosse. Leggerezza assoluta, come un sogno di una notte di mezza estate...

Ma non senza un tocco di puro fuoco.

Era un tratto distintivo dei Lodge, dopotutto.

Quando si vive in un attico su due piani del Dakota, come noi, uno dei vantaggi è un ascensore privato che porta giù alla lobby. Gli ospiti annunciati salgono direttamente nel nostro appartamento e vengono accolti da Smithers. (Un altro vantaggio è non dover rispondere alla porta.)

Com'è noto a chiunque sappia qualcosa del settore immobiliare di New York, l'edificio – di per sé un'icona architettonica – si snoda attorno a un cortile condiviso riccamente ornato e accessibile unicamente dal cancello principale. Un palazzo di queste dimensioni, con residenti di questo rango, ha bisogno di uno staff articolato per funzionare a dovere. Anche se ovviamente c'è una gerarchia tra i domestici, ogni quadrante dell'edificio è supervisionato dal proprio portiere. È estremamente intimo ed esclusivo, che ovviamente è il senso dell'intera faccenda.

Tutto questo è un modo elaborato per dire che, mentre l'ascensore che avevo preso per scendere era tutto per me, la lobby era un'altra storia, brulicante di attività quotidiane della classe privilegiata. Anche se era divisa in quattro aree più ridotte, la hall risultava comunque piuttosto affollata nelle ore di punta della giornata lavorativa. C'era la signora Leder in una tuta coordinata fluorescente activewear che firmava una consegna di Bloomingdale. Poi c'era Hank Golby, giovane prodigio dei fondi speculativi, che usciva per andare a passare le due ore in ufficio che gli erano richieste, con i mocassini Gucci ben lucidati, anche se senza dubbio sognava il comfort delle sue scarpe da ginnastica alte Rick Owens. Ed ecco Tabitha Martindale, anziana signora in stile Norma Desmond, ma con i capelli blu: un'ex diva del cinema che adesso per lo più se ne stava seduta a contare le sue "bambole" (le medicine che le avevano prescritto, nel caso non coglieste il riferimento a Jackie Susann) o portava in giro la sua onnipresente cagnolina di razza Papillon, Mama Rose. Quel giorno Mama Rose indossava un gonnellino di tulle oltre al collare tempestato di strass; forse stavano tornando dal servizio di toelettatura.

Perciò prima di arrivare nella lobby non ebbi alcuna interazione con i miei vicini, e, di conseguenza, finché non interagii con loro non mi venne da chiedermi se ci fosse… qualcosa in ballo. In apparenza sembrava una mattina come tutte le altre. Ma a livello semiconscio…

Chiamatela paranoia, ma papà dice che noi Lodge fiutiamo i sottotesti. Sappiamo quando si sta creando qualche problema; è proprio per questo che riusciamo a risolverlo. In ogni caso feci un cenno di saluto a Tabitha, come sempre. (Ammiro il suo impegno incrollabile nel far sì che Mama Rose sia sempre alla moda.)

Ma… era una mia impressione, oppure Tabitha aveva… distolto lo sguardo?

Scossi la testa. Ovviamente mi stavo immaginando tutto. Proiettavo la tensione sugli altri senza motivo. Molto insolito per me.

Aspetta un attimo… *Nick St Clair mi aveva messa fuori gioco?*

Ci riflettei. Non era possibile. Mai e poi mai. Era solo un calo di zuccheri per via dello spinning, e poi avevo bisogno di altro caffè.

Solo che, andando verso la scrivania del portiere, notai che la casalinga maniaca dello shopping arricciava appena il naso mentre si faceva da parte per lasciarmi avvicinare.

Quella però non era la mia immaginazione. Veronica Lodge conosce bene lo sguardo di sottecchi.

L'ha praticamente *inventato* lei.

Le toccai la spalla, vergognandomi un po' di stare persino perdendo tempo a cercare di capire cosa stesse successo. *Sei meglio di così, Ronnie.*

Ma lei... si ritrasse, contraendo la scapola come se non riuscisse a sopportare il contatto fisico.

Cioè, doveva per forza sapere del nostro party. *Tutti* sapevano del nostro party. Ne facevano un reportage su "Page Six" ogni anno.

Quindi forse era solo invidia? Era arrabbiata perché non era stata invitata? Non potevo biasimarla.

Decisi che non valeva la pena di continuare a pensarci e mi girai verso Andre. Gli feci un sorrisone, nonostante il senso di disagio che mi restava nel profondo. «Buongiorno.»

«Signorina Veronica» rispose lui. Più che un sorriso, le sue labbra formavano una linea tesa. E questo da un uomo che quand'ero bambina mi dava le caramelle dure rosse e bianche alla menta prendendole da una ciotola di vetro.

«La mamma voleva che ti dicessi che i nostri abiti dovrebbero arrivare entro un'ora.»

«Naturalmente» rispose lui, con un'aria un po' sofferente.

«Stai bene?» chiesi con decisione. Speravo che cogliesse l'occasione, che tirasse fuori una preoccupazione esterna, un motivo – uno qualsiasi, a parte qualche strana e recente strategia di vendetta – che spiegasse perché all'improvviso la gente, compreso lui stesso, si era fatta distante.

Andre si schiarì la voce e sembrò ritrovare un po' di sicurezza. «Certo, signorina Veronica. Grazie per avermelo chiesto. A dire il vero...» Si piegò e si mise a frugare nei cassetti del bancone. Ancora caramelle alla menta, dopo così tanti anni?

Ma era qualcosa di più sorprendente. «A dire il vero ci sono dei messaggi per lei.»

Aggrottai le sopracciglia. «Dei messaggi? Qui giù?» Chi mai avrebbe chiamato la reception del Dakota per parlare con me?

«È una certa... Lettie Cooper, forse? Una ragazza, a giudicare dalla voce. Ha detto che chiamava per conto di un blog. "The Giggle Girls"?»

Uhm, non l'avevo mai sentito. Ovviamente non era la prima volta che qualche aspirante blogger a caccia di scoop trendy cercava di rintracciarmi per due parole sulle nuove tracolle trapuntate di Chanel o su dove andare a mangiare a tarda notte, adesso che Freemans era stato invaso dalla gente comune. Grazie, ma anche no, non ero la persona giusta. Non avevo bisogno di quel genere di pubblicità.

Non c'era da stupirsi che non fosse riuscita a parlare con me, di chiunque si trattasse.

«Grazie» dissi. «L'hai detto a Smithers?» Anche se a darmi la caccia era solo un tabloid di seconda categoria che Andre stava volutamente boicottando, avrebbe comunque dovuto avvisare Smithers. Faceva parte del suo lavoro.

Annuì appena. «Immagino che il signor Smithers sia fin troppo occupato in questo momento» rispose.

«Per via del party?» Cioè, immaginavo che avesse ragione, ma organizziamo questa festa tutti gli anni. Anche se c'è un bel po' da scarpinare, la parte logistica è sotto controllo. Noi donne Lodge siamo una macchina ben oliata e Smithers è uno della vecchia scuola, non c'è niente che lo faccia agitare. È per questo motivo che ormai fa praticamente parte della famiglia

«Le auguro una buona giornata, signorina Veronica» concluse Andre.

Sembrava un po' che mi stesse congedando. Anche quello era strano per un dipendente di una struttura con la reputazione del Dakota.

Cominciava a essere l'ennesima faccenda a cui stavo dedicando fin troppo tempo. Era ovvio che quel giorno c'era qualcosa nell'aria e che io non avevo abbastanza caffeina in corpo.

Decisi di lasciar perdere e mi avviai verso il Lalo. Lo so, lo so, per la maggior parte dell'America il Café Lalo è prima di tutto il posto da turisti in quel vecchio film di Meg Ryan. Di prima che lei prendesse tutte quelle pessime decisioni su cosa farsi iniettare, quand'era ancora la fidanzatina d'America. Dovrei essere superiore, farmi solo portare il caffè a casa, e comunque solo da posti con credenziali serie: l'Happy Bones a Little Italy oppure il Brooklyn Diamond.

(Che c'è? Abbiamo un autista: a cosa serve se non per una tappa estemporanea a prenderci il caffè in un altro quartiere di quando in quando?)

Ma la mamma adora i dolci del Lalo, che sono il peccato di gola della nostra famiglia da che ne ho memoria. E anche nelle sere d'estate, quando la coda fuori gira oltre l'angolo, papà ci fa entrare passando davanti alla folla.

E comunque io non seguo le mode: le detto. Il Lalo non sarà trendy o all'avanguardia, ma lì mi sento a casa, ed è mio.

O almeno così credevo.

Potete immaginare lo shock di quando la mattina del tre luglio ci trovai Cam e Annie, curve sulle loro brioche glassate al miele, intente a digitare sul cellulare ridacchiando. La mia migliore amica era Katie, ma queste due ragazze erano decisamente parte del nostro gruppo, fin da quando avevano conquistato l'amicizia mia e di Katie in prima media con i biglietti per assistere alla registrazione del "Saturday Night Live" e per il backstage. (Il padre di Annie è un produttore.) Se già era strano che stessero prendendo il caffè al Lalo, era ancora più strano che non mi avessero invitata.

Forse avevano pensato che fossi troppo impegnata con i preparativi. Che altro motivo poteva esserci? Ordinai (non che ce ne fosse bisogno; tutto lo staff ci conosce e la barista aveva già cominciato a far bollire il latte per il mio caffelatte quando mi aveva vista entrare) e mi affrettai verso il loro tavolo.

«Ragazze! Che bella sorpresa! Pensavo di essere l'unica studentessa della Spence abbastanza ironica da abbassarsi a venire in questa trappola per turisti da "Time Out New York".» Mi piegai per salutarle con due bacini sulle guance, all'europea, inclinando il capo in modo che anche loro potessero fare lo stesso.

«LOL, Ronnie» commentò Cam, con gli occhi castani che le brillavano. Bevette un sorso ed emise un piccolo sospiro soddisfatto. «Si può dire che siamo le tue accolite.»

«Mi piace come suona.» Alzai un sopracciglio. «Fammi spazio» dissi a Annie, facendola spostare verso il muro. «Posso sedermi… per un minuto.»

Annie sorrise e si spostò. «Ottimo.»
«Allora» dissi, appoggiando i gomiti sul tavolo. «Siete pronte per stasera?»
Le ragazze si scambiarono una rapida occhiata che non riuscii bene a decifrare e poi annuirono. «*Prontissime*» sentenziò Cam, mentre Annie faceva cenno di sì.
«Ho un'idea fantastica!» dissi io quando mi venne in mente la proposta che stavo per fare. Sono sicura che mi sarebbe venuta in mente anche prima, se fossi stata in città e non sulla spiaggia. «Ho un beauty team che viene alle quattro. Perché non vi unite a noi? Ci facciamo belle prima del party! Ci divertiremo un sacco. Chiederò al catering di farci una caraffa di sangria alla pesca bianca. Bobby Flay ha dato la sua ricetta esclusiva a mia madre a un qualche evento di beneficenza a Sag Harbor la settimana scorsa.»
«Avevo...» cominciò Annie.
«Ferma lì» la interruppi io. «Se stai per dirmi che avevi già preso appuntamento dal parrucchiere e dal make up artist, annullali e basta! Chi se ne importa? Posso modificare la mia prenotazione. Su... farsi belle da sole è noioso. Sarà il mio regalo per voi.»
«Cioè, sei sicura?» chiese Cam.
Che domanda ridicola. «Ma certo che sì! Credi che papà si accorgerà di un minuscolo cambiamento nell'addebito sulla carta? Non controlla neanche i miei estratti conto. Venite da me, è deciso.»
Annie emise un colpetto di tosse strozzato e si diede un colpo sul petto per riprendere fiato. «Scusate, pensavo che ormai il caffè si fosse raffreddato.»
«Attenta» dissi io. «Devi essere in perfetta forma per il party dell'anno. Credo che potrebbe anche succedere qualcosa di importante stasera.»
Cam rise. «Ah sì?» Aveva le guance rosate, più del solito.
«Cioè, probabilmente non dovrei dire niente, non voglio metterlo in imbarazzo, ma... a voi posso raccontarlo, mi fido.»
«Be', ovvio che ti puoi fidare di noi!» rispose Cam, più rossa che mai. Anche il *suo* caffè era troppo caldo? «Ronnie, cosa intendi? Raccontaci tutto.»
Scrollai le spalle, cercando di non mostrare quanto fosse gros-

sa la faccenda. «Niente di che. È solo che... Nick è passato da me stamattina. Così, è spuntato dal nulla.»

«Nick è venuto a casa tua? Senza motivo?» chiese Cam.

«E prima di mezzogiorno?» aggiunse Annie.

«Lo so, ho pensato esattamente la stessa cosa. Ebbene sì, è arrivato appena ho finito lo spinning. Ovviamente ho immaginato che fosse solo un piano elaborato per vedermi vestita di lycra, ma in realtà voleva parlare. Mi ha... be', mi ha chiesto di uscire. Tipo un *appuntamento*.» Adesso che lo dicevo ad alta voce, mi sembrava meno casuale e meno romantico, un filino più carico di significato.

Un filino più simile a qualcosa di cui poteva effettivamente importarmi.

«È pazzesco, no?» chiesi, più che altro per rassicurare me stessa.

Di nuovo! Un altro scambio di sguardi tra Cam e Annie, Cam che arrossiva e Annie che giocherellava con gli ispidi riccioli rossi. Ma forse era solo la mia immaginazione. Cioè, avevo appena riconosciuto che la confessione sincera di Nick mi aveva lasciata un po' scossa. Anche se per il momento l'avrei ammesso soltanto a me stessa. Non ero decisamente al massimo della forma, quello era chiaro.

Il silenzio parve protrarsi un attimo troppo a lungo e io ebbi lo strano impulso di ritrattare tutto, di scrollare le spalle e mettermi a ridere, per poi andarmene di corsa prima che si desse troppa importanza alla faccenda.

Ma poi, prima che potessi fare qualsiasi altra cosa, Cam scoppiò a ridere.

«*Ovvio* che non è pazzesco, Ron!» insistette. «Cioè, lo sanno *tutti* che Nick St Clair non fa mai sul serio con le altre perché è tipo follemente innamorato di te.»

«È vero» intervenne Annie, con gli occhi nocciola improvvisamente acuti e intensi. «Non ti ha anche *detto* che ti amava, una volta?»

Feci una smorfia incredula. «Uhm, è stato quando eravamo all'asilo» le ricordai. «Non è esattamente una testimonianza vincolante. All'epoca la mia icona pop preferita era il dinosauro Barney, ve lo ricordate?»

«Non importa» insistette lei. «Sono anni fondamentali per la formazione. Non so, magari ha avuto una specie di... *imprinting*.»

«Come in quei libri di vampiri?» Che le mie amiche fossero state rapite e rimpiazzate dagli alieni? O forse stavano solo cercando di mostrarmi sostegno, anche se in questo modo vagamente malaccorto?

Cam lanciò un'occhiataccia ad Annie come se avesse pensato che *lei* fosse pazza, poi si girò di nuovo verso di me. «È solo che vuoi due insieme sareste una coppia perfetta. Le vostre famiglie si conoscono da sempre. Nick potrebbe essere l'unico ragazzo in grado di gestire tuo padre.»

Quella era un'ottima osservazione. «Vero.»

«*E poi* fra voi due c'è un'alchimia perfetta.»

«Anche questo è vero.» Non potevo negare la piccola scarica che provavo quando guardavo i suoi occhioni azzurri, anche se fino a quel momento avevo scelto di ignorarla. «Quindi state dicendo che dovrei accettare?»

Per anni io e le mie amiche ci eravamo lamentate della mancanza di opzioni reali e sofisticate nella nostra cerchia, dicendo che volevamo dei *veri uomini* mentre purtroppo eravamo circondate da ragazzini. Gli studenti delle superiori al massimo servivano per fare pratica. Il nostro mantra era sempre stato "Possiamo avere di meglio".

Annie aprì la bocca, ma Cam le diede di gomito prima che potesse parlare.

«Credo che quello che vogliamo dire» spiegò Cam, lanciando un'occhiata ad Annie, «sia che dovresti essere mentalmente aperta, ascoltare quello che ha da dirti.»

«Esatto» confermò Annie.

Il cellulare mi vibrò nella borsa. Frugai tra le mie cose e lo ripescai.

«Oh, uffa. Grace vuole che vada a prenderle degli accessori da Barneys per uno shooting. Tempismo perfetto.» Il lavoro di una tirocinante non è mai finito.

«Non possono farlo fare tipo a un'assistente?» chiese Annie.

«Sono *io* l'assistente» sospirai. «È orribile, ma fa parte del lavorare per Sua Maestà in persona, Grace Coddington. Sono a sua completa disposizione.» Avrei dovuto chiamare un'auto Uber se volevo portare il caffè alla mamma finché era ancora caldo e riuscire comunque ad arrivare da Barneys in tempo per prendere quello che serviva a Grace.

Feci un cenno alla cameriera e lei mi portò l'ordinazione, con i bicchieroni di carta di caffelatte fumante e le paste incartate in una scatola bianca chiusa con il tipico spago. «Non preoccupatevi, ragazze, siamo ancora d'accordo per le quattro. Quando inizierà la festa, avremo raggiunto il massimo del glamour. E per... l'altra cosa. Che posso dire, amiche? Di certo mi avete dato qualcosa su cui riflettere. Potreste avere ragione.»

«Ci penserai?» chiese Cam. Sembrava dubbiosa, ma anche stranamente piena di speranza. Insolitamente coinvolta.

«Sì. Ma per adesso probabilmente dovremmo tenere la cosa fra noi tre. Forse Nicky si sentirebbe in imbarazzo se sapesse che ve ne ho parlato.»

Annie fece il gesto di chiudere a chiave. «Sarà il nostro piccolo segreto.»

«Perfetto.» Ci salutammo con i due bacini e io continuai a riflettere sulla faccenda mentre tornavo verso il Dakota. "Sii aperta mentalmente." Sembrava un buon consiglio.

Quella sera ci sarebbe stato il nostro party. Il giorno di festa era arrivato. Poteva succedere qualsiasi cosa.

Cam:

Nicky, dovevi vederci, a far finta ke fosse tutto normale. Quando è l'opposto. COME fa a nn sospettare niente?

Nick:

Conosci Ronnie: è l'ape regina. Cioè crede sl al suo mondo. Nn sospetta niente xké nn le verrebbe mai in mente d dover sospettare.

Annie:

Il karma è 1 stronzo... come Veronica. Nn vedo L'ORA ke inizi la festa.

Cam:

A proposito di karma, lo sapete ke probabilmente finiremo all'inferno, vero?

Nick:

Probabilmente? D sicuro. E sai 1 cosa? Ne vale la pena.

Annie:

DECISAMENTE.

ANNOTAZIONI SUL CAMPO DI DILTON DOILEY:

Una luna di sangue.

Stasera i miei scout cammineranno verso il luogo dell'accampamento sotto la luce di una luna di sangue, un'eclissi lunare totale che disegnerà torbide strisce rosse nel cielo. E anche se l'evento non ha alcuna rilevanza astrologica, per me è innegabilmente un segno. Gli abitanti di Riverdale vogliono credere che qui non possa mai succedere niente di male, nonostante la storia insista nel dimostrarci che non è così. Il male non smette di esistere soltanto perché ci rifiutiamo di vederlo. L'ho imparato quand'ero fin troppo piccolo.

Mio padre mi diceva che mi stava facendo un favore.

Prima del favore, prima che le cose cambiassero – prima che scoprissimo com'era davvero il mondo – anche papà era stato uno scout, da ragazzo. Quando io ero piccolo, era il nostro capo squadriglia.

Circa otto anni fa avevamo il nostro annuale weekend di campeggio. Ma papà aveva un importante viaggio di lavoro quella settimana, perciò non poté venire. Mi lasciò con mio zio per il weekend e tutti andammo a Buffalo Flats come da programma.

Passammo la prima giornata a conquistare i nostri distintivi di specialità, a dedicarci a progetti di fai da te e al tiro con l'arco – roba semplice. Il giorno successivo c'era il vero evento del weekend: il rafting annuale sulle rapide. Lo zio venne sul gommone con me.

Era stato un inverno lungo e nevoso e il fiume era impetuoso e in piena. Facevamo di tutto per restare in piedi. Era inebriante, un'enorme scarica di adrenalina, finché...

Finimmo in una rapida gigante, di cui la nostra guida non era a conoscenza. In un attimo la maggior parte di noi finì sott'acqua. Mi girava la testa per il colpo di frusta. Gridai il nome di mio zio, ma non fui in grado di vederlo. Riuscii soltanto a tornare a riva.

Non fummo capaci di organizzare un tentativo di salvataggio. Non avevamo nemmeno una corda... nessuno aveva pensato di portarla. Begli scout che eravamo.

Mio padre era... be', non è uno che dà spazio alle emozioni, ma capii che era sconvolto. Aveva perso il suo unico fratello, non avrebbe perso anche me... a nessun costo.

«Figliolo» mi disse. «Non sarai mai più impreparato.»

Diceva sul serio: mai più. Non mi sarei più lasciato cogliere impreparato dagli inevitabili orrori che ci attendono tutti quanti.

E così papà prese a addestrarmi. Cominciò una serie di prove. Ore, giorni, settimane da soli io e lui; mio padre mi mostrava ogni genere di tecniche di sopravvivenza: fare i nodi, lanciare i coltelli, identificare le piante velenose, depurare l'acqua di qualsiasi provenienza. Individuare i predatori da qualsiasi prospettiva.

Mi fece persino disinnescare delle bombe artigianali... con pessimi risultati.

«Se fosse stata una bomba vera, saremmo morti entrambi» mi disse quella volta.

«Mi dispiace. Non so...» Ero solo un bambino. Ero terrorizzato e pieno di vergogna. Non sapevo cosa fosse reale e cosa no.

Le "prove" si fecero sempre più impegnative, finché un giorno, all'uscita dall'emporio, mio padre mi passò una cravatta. «Mettitela sugli occhi, figliolo.»

Guidò a lungo. Un'ora, forse due. Persi il senso del tempo. L'asfalto e lo smog nell'aria – gli odori di Riverdale, della città – scomparvero gradualmente.

Papà mi portò nei boschi... erano così simili a quelli dello Sweetwater in cui io e i miei scout abbiamo camminato tante volte e in cui ci accamperemo stasera. Mi portò in una radura e mi fece sedere sul tronco marcio di un albero caduto. Sentivo il legno spugnoso sotto di me.

«Non c'è bisogno che te lo dica io: il mondo è duro e non perdona» disse, con parole che avrei poi ripetuto tali e quali a Jughead Jones, allo sciocco, cinico Jughead! «L'hai visto anche tu, e prima di quanto dovrebbe succedere a un ragazzo. Hai fatto molta strada, Dilton.»

Davvero? Non ne ero sicuro. Ma era mio padre, dovevo per forza fidarmi di lui.

«Hai fatto molta strada» ripeté lui. «Questa è la tua ultima prova. Credo in te, figliolo. Credo che tu possa farcela.»

Con fare solenne, mi consegnò un coltellino svizzero nuovissimo, con lo smalto rosso scintillante. È il coltellino che porto sempre con me, quello che avevo quando il preside Weatherbee mi ha sospeso perché avevo portato un'arma a scuola.

Come se mi importasse di una sospensione. Come se fossi disposto a uscire di casa senza il coltellino, senza qualcosa per proteggermi.

No, papà mi ha insegnato fin troppo bene. Quel giorno mi lasciò nel bosco.

Quando tornò alla macchina, pensai che volesse solo spaventarmi, che sarebbe tornato dopo un'ora. Ma poi si fece freddo. E buio. E io cominciai a capire che dovevo cavarmela da solo.

Ovviamente ci riuscii. Nove giorni nella Fox Forest, tutto solo. Potevo affidarmi soltanto al coltello e alle mie capacità. Mi nutrivo di bacche; trovai dell'acqua pulita da bere. Alla fine riuscii anche a catturare e cucinare uno scoiattolo. È stata l'unica volta nella vita in cui mi sono trovato a dover cacciare un altro essere vivente. È stato difficile, ma era quello che dovevo fare. Alla fine trovai la strada per tornare in città.

Fu dura – durissima, a dire il vero, per tacere di certi momenti di puro terrore – ma non ce l'ho con lui. Lo capisco. Mio padre l'ha fatto perché imparassi a sopravvivere con quello che offriva la natura, a superare le avversità. Perché la vita è fatta di avversità. È una serie di prove.

E da allora mi sono dedicato a preservare il codice di sopravvivenza di mio padre anche a costo di andare contro a quello di gente come il preside Weatherbee, con le sue ridicole regole e il suo totale rifiuto di guardare oltre il velo. Nel bene e nel male, per tutti noi.

L'apocalisse è imminente. Se sembro un pazzo delirante, pace. Conto di essere preparato e tenere al sicuro i miei scout. E perché siano al sicuro, devono essere con me.

Jones non mi ha creduto, ovviamente. Tipico. Ma io lo so. Forse sono l'unico in tutta Riverdale a saperlo.

Come faccio a esserne così sicuro? È semplice.

Per via della cometa di Baley. Attraversa il cielo una volta ogni otto anni.

O almeno, prima era così.

Vent'anni fa il ciclo ha cominciato ad accelerare. Adesso la cometa compare ogni nove mesi. Si sta avvicinando.

Stasera ci sarà la quarta luna di sangue in quattro mesi, un evento che le profezie indicano da tempo come la fine.

Quando sorgerà la luna rossa, dopo che avremo sistemato l'accampamento, spiegherò la mia teoria agli scout:

È la quarta luna di sangue in quattro mesi. La cometa si avvicina sempre più a ogni ciclo.

Il percorso che si snoda è inevitabile, incontestabile. Ben presto la cometa di Baley si schianterà sul Nord America, causando un'estinzione che non si verifica dai tempi dei dinosauri.

Parlo della fine del mondo.

Lo so, suona teatrale.

Ma vi posso assicurare che non è affatto esagerato. Farò sì che questi ragazzi si rendano conto, che capiscano che destino ci attende.

E poi, una volta che saremo tornati a casa, glielo mostrerò. È una cosa a cui lavoro da un sacco di tempo. Il mio progetto preferito, la nostra salvezza. La vera ultima prova di mio padre.

Ho un posto. L'ho costruito io stesso e l'ho attrezzato alla perfezione. È piccolo ma sicuro. E privato. Mi sono occupato delle cose fondamentali e ho pianificato le scorte da inserirci. Dovremo munirci di:

Acqua.

Strumenti di difesa.

Strumenti di difesa migliori.

Resistenza.

Forza.

È un bunker di sopravvivenza, ovviamente. Io e papà ci abbiamo messo cinque anni a costruirlo. Ha un generatore indipendente alimentato da una combinazione di energia solare e gas naturali, quindi è totalmente scollegato dalla rete elettrica. Ho acqua e cibo in scatola a sufficienza per mesi. Per anni, se li razioniamo. Le pareti sono rivestite di due centimetri e mezzo di piombo puro per proteggerci da qualsiasi tipo di radiazioni.

C'è tutto quello che serve per aspettare che finisca l'apocalisse. All'inizio i ragazzi potrebbero tergiversare, potrebbero non voler credere che la loro idilliaca Riverdale possa mai costituire un pericolo, una minaccia per loro e per la loro esistenza.

Ma vedranno la luna di sangue. E ascolteranno le mie storie.

Alla fine, capiranno che ho ragione.

12

ARCHIE

Era quasi mezzogiorno in punto quando dal cantiere vidi Dilton Doiley e la sua squadriglia che passavano in bici, con le bandierine arancione acceso degli scout appese ai sellini che oscillavano al vento. Le bici erano cariche di attrezzatura e i ragazzi erano curvi sui manubri, gettavano tutto il peso in avanti per procedere.

Devo riconoscerlo a Dilton. Era un po' nervoso – okay, più che un po' – ma qualunque cosa l'avesse fatto diventare così, bisognava ammettere che aveva trovato una vera e propria tribù nei suoi scout, un gruppo che non l'avrebbe mai messo in discussione e che gli dimostrava una lealtà incrollabile.

In teoria avevo lo stesso rapporto con i Bulldogs. Quel pensiero mi fece venire una fitta allo stomaco. Temevo il messaggio con cui sapevo che Reggie avrebbe cercato di reclutarci per vendicarci dello scherzo. O meglio, temevo il momento in cui avrei dovuto dirgli di no. Per tacere del fatto che non *volevo* nemmeno vendicarmi.

Se non sapevo a chi dimostrare lealtà, che genere di compagno di squadra ero diventato? Che genere di persona?

«Ehi, Rosso, ci lasci un po' di quel cavo metallico o vuoi invitarlo al ballo?»

«Come? Oh, scusa.» Alzai gli occhi e vidi Lenny, il caposquadra di papà per questo lavoro, che se ne stava in piedi sopra di me, osservava la mia carriola e rideva. «Lo sto portando a quel cumulo.» Lo indicai. «Mi... uhm, mi sono distratto.»

«Pare proprio di sì. Sono quasi dieci minuti che stai lì a fissare il vuoto. Tuo padre mi ha mandato qui a dirti di andare da lui nella roulotte.»

«Cosa? No, posso finire di caricare il cavo...»

«Ci penso io» mi disse, strizzando l'occhio e andando ad afferrare i manici della carriola. «Non lo sai, ragazzo? Quando il capo ti fa un fischio, devi correre da lui.»

«Giusto» risposi. Anche se il capo era tuo padre. O magari *specialmente* se il capo era tuo padre.

Partii di corsa. Se non altro pareva che sapessi ancora dimostrare lealtà a qualcuno.

Papà era alla scrivania, chino su una serie di progetti, con il casco di sicurezza al suo fianco e una matita in mano. Sembrava totalmente preso dai progetti, concentratissimo; ma quando la porta sbatté alle mie spalle alzò gli occhi e mi sorrise. «Archie. Come va là fuori?»

«Vedo molti progressi» risposi, asciugandomi la fronte con l'interno del braccio. Non servì a molto, se non a mescolare la polvere che avevo sul braccio con il sudore sul viso. Alla fine è a questo che si riduce il lavoro edile, in sostanza: polvere e sudore, e alla fine grazie a tutti quegli sforzi si riesce a costruire qualcosa.

La prima volta che papà mi aveva proposto di lavorare per lui, all'inizio dell'estate, non mi ero reso conto di quanta soddisfazione potesse dare costruire davvero qualcosa, creare con le proprie mani qualcosa di fisico che si potesse vedere e toccare. Non era la musica, certo, ma era comunque molto più creativo di quanto mi aspettassi, a essere sincero.

«Lenny ha detto che volevi vedermi.»

«Già.» Con la testa indicò la sedia dall'altro lato della scrivania e si allungò per prendere un sacchetto di carta marrone da uno scaffale vicino. «Ho pensato che volessi qualcosa per pranzo. La roba che hai preso da Pop's stamattina è finita da un pezzo, mi spiace, ma abbiamo dei panini di segale con il tonno presi da quel negozio di alimentari di Greendale, se hai fame. E del tè freddo. Fa molto caldo oggi.»

«Sì, non c'è bisogno che me lo dica tu» concordai, afferrando il tè e trangugiandolo quasi in un sorso solo. Avevo sempre una fame pazzesca da quando avevo iniziato a lavorare in cantiere. Ancora più che durante la stagione degli allenamenti. «Ma... cosa penseranno gli altri della squadra? Mi chiami sempre qui, lasci che mi sieda e mangi con l'aria condizionata mentre gli altri lavorano come schiavi sotto il sole cocente? È palese nepotismo.»

Papà aggrottò la fronte. «Cosa *penseranno*? Che sono un buon padre.» Si mise a ridere. «Pensano già che sia un bravo capo. Non mi preoccupa la loro opinione su di me. Io e i miei uomini andiamo d'accordo.»

«Va bene.» Se non si preoccupava lui, non l'avrei fatto neanch'io. Mi sistemai e scartai un sandwich.

(A proposito di lealtà, Pop non sarebbe stato felice di vedere quel panino. Ma ci serviamo da lui spessissimo, questa non era che una goccia nel mare.)

Pensare a Pop mi fece pensare a Jughead, che a sua volta mi fece tornare in mente la conversazione della settimana prima. Era bello che stesse scrivendo e buffo che lo stessimo facendo entrambi in quel periodo, anche se io scrivevo canzoni e lui storie. Dimostrava che, anche se non passavamo più tanto tempo insieme, io e Jug eravamo comunque sulla stessa lunghezza d'onda, in qualche modo. Immagino che succeda così agli amici di lunga data.

Oh, merda. In un attimo mi ricordai due cose: una era che io e Jug ci eravamo accordati per andare a Centerville il giorno dopo e io non ci sarei riuscito. E l'altra era che il motivo per cui non ci sarei andato erano i miei programmi con Geraldine. Programmi di cui non avevo ancora parlato con mio padre.

A proposito di lealtà... Detestavo mentire a mio padre. Fino a quel momento su Geraldine, più che mentire in senso stretto, mi ero limitato a omettere la verità; semplicemente non gli avevo detto cosa stavo combinando. O lui non riusciva proprio a capire che ero evasivo, oppure non voleva ammetterlo né a me né a stesso, altrimenti avremmo *dovuto* affrontare la cosa, volenti o nolenti.

Ma che gli andasse bene o no, avrei passato la notte fuori. Papà non si impicciava troppo dei fatti miei, ma dovevo dirglielo. Specialmente adesso che la mamma se n'era andata, papà era più attento che mai, cercava di assicurarsi che percepissi comunque un senso di stabilità in casa e roba del genere. E che sapessi che i miei genitori mi volevano ancora bene, e in particolare che potevo contare su di lui al cento per cento.

Questo mi rendeva ancora più difficile essere disonesto con lui, che si trattasse di una bugia innocente o meno.

Fu come se riuscisse a leggermi nel pensiero; spaventoso, ma era un altro segno di spunta nella colonna "Papà per te c'è sempre". Appoggiò il suo panino e bevette un po' d'acqua. «Non credo che tu me l'abbia detto – hai programmi per il quattro luglio? Devi averne per forza.»

Mi sentii bruciare la gola. Mi ero esercitato mentalmente mille volte: quello che gli avrei detto, come gliel'avrei detto. Le migliori bugie (*bugie innocenti*, insistevo con me stesso) cominciano tutte con un elemento di verità, no?

«Uhm, io e Jug pensavamo di stare un po' insieme» cominciai.

Cosa poteva esserci di più credibile? Io e Jughead passavamo il quattro luglio insieme tutti gli anni. Ci eravamo persino organizzati per farlo anche quest'anno.

«*Independence Day* al Twilight, eh?»

«Già. E poi pensavo di dormire da lui. Domani andiamo a Centerville come al solito. Be', non proprio come al solito. Betty non ci sarà.» Mi sentii stringere e poi sciogliere lo stomaco mentre parlavo, ingannando papà e usando Jug come alibi. E poi tirando fuori Betty come il coniglio dal cappello. A qualunque filo mi stessi aggrappando in termini di lealtà, il gomitolo si stava srotolando piuttosto in fretta.

«Ah, giusto. Betty. Come va il suo tirocinio?»

Ecco di nuovo quella fitta, stavolta appena sotto le costole. Il fatto era che non sapevo molto di come stesse andando il tirocinio di Betty. Ci eravamo a malapena parlati o messaggiati un paio di volte da quando era partita.

Non era colpa di nessuno dei due. Ma lei era là a... be', a vivere la vita di Los Angeles. E io ero qui con la musica... e Geraldine.

Non era colpa di nessuno, ma le cose cambiano.

Però non potevo dirlo a papà. «Uhm, va bene. Betty sta bene, si diverte.» Conoscendo Betty, doveva essere così. Era brava in tutto quello che faceva, sempre. Perché stavolta doveva essere diverso?

È solo una bugia di omissione, mi dissi. *Una bugia innocente. Poco distante dalla verità.*

«Sono felice di sentirlo» rispose papà. «Anche se mi manca averla intorno. Siete una bella coppia.»

Arrossii, la maledizione dei rossi di capelli. «Papà, non stiamo insieme, lo sai.»

«Oh, credevo di sì. Cioè, lo so che questa è la tua versione e che non la cambi mai, ma vi comportate proprio come una coppia. Passate tutto il tempo insieme. Ed è ovvio che lei ti adora. Potrebbe andarti molto peggio.»

«Betty è fantastica» concordai. Perché lo era. Lo è. È letteralmente l'ideale platonico della ragazza della porta accanto: bella, gentile, fedele, intelligente. Il motivo per cui siamo così legati non è un mistero. «Ma sai, non *mi adora*. Cioè, non in quel senso. Siamo solo amici. È possibile che un ragazzo e una ragazza siano amici, sai.»

«Non ho detto che è impossibile» concordò papà. «Ma ho anche visto come ti guarda. Se vuoi far finta di niente, figliolo, è una scelta tua. E magari non ti interessa trasformare la vostra amicizia in qualcos'altro, e va bene comunque. Ma cerca solo di essere consapevole. E anche... sensibile.»

«Cavoli, papà.» Da dove spuntava quel discorsetto da "episodio superspeciale"? Non c'era bisogno che nessuno mi ricordasse come comportarmi con Betty. In quel senso non era una "ragazza", una che aveva bisogno di essere trattata con i guanti. Era il suo aspetto migliore... o meglio, uno dei migliori. Betty è come un amico maschio, come un migliore amico... ma meglio.

Papà alzo le mani aperte come per dire "basta così". «Okay, okay. Ho capito. Il legame fra te e Betty è platonico al cento per cento. L'ideale platonico di un legame platonico. Siete solo amici.»

«Solo amici.»

«E quindi...» Gli comparve un'espressione diabolica negli occhi. «Sei un aitante ragazzo americano.»

«Sì?» risposi cauto.

«È solo che, se non si tratta di Betty... dev'esserci qualcun'altra, no? Non posso credere che tu te ne stia tutto il tempo in camera tua a giocare ai videogame tutto solo, come un eremita.» Mi lanciò un'occhiata. «Non pensare che non mi sia accorto che esci dopo cena.» Rimasi a bocca aperta per la sorpresa, ma lui non mi lasciò dire una parola. «Non preoccuparti, non mi metto a indagare, Arch. Credi che non fossi così anch'io alla tua età? Che non uscissi di nascosto dalla porta sul retro mentre i miei non mi vedevano, per incontrarmi con le ragazze?»

«Per vedere la mamma?» Non era un segreto che lui e la mamma fossero stati insieme fin dalle superiori, anche se ultimamente i loro sentimenti si erano logorati.

«Certo, la mamma.» Fece una smorfia.

«Cos'è quella faccia?» Volevo davvero saperlo? Questa chiacchierata tra uomini con mio padre era un po' eccessiva.

«Non ero un eremita neanch'io, Arch. C'era tua madre e poi c'erano altre ragazze qua e là. Che posso dire?»

Cosa *non* poteva dire? Cosa *non* aveva detto? Quello scambio di confidenze tra uomini cominciava a diventare un po' troppo personale.

«Allora?» Mi guardò, in attesa. «Dove va il mio ex bambino la sera, quando scompare oltre la porta? Chi è la fortunata?»

Visualizzai l'immagine di Geraldine che mi squadrava da dietro gli occhiali da sole a forma di cuore mentre mi trascinavo lungo la strada. Geraldine sul sedile posteriore di quella stessa macchina, più tardi.

Geraldine quella mattina a casa sua, con il sole che filtrava dalle finestre e la illuminava da dietro.

«Dai, papà» protestai. «Non è così. Nessuna ragazza. Vado a correre e basta. Il coach Clayton ci ha ordinato di tenerci in forma durante l'estate.»

Mio padre alzò un sopracciglio. «A correre. Certo.»

«A correre.»

«Lo sai che gettare il cemento è un esercizio fisico migliore di quello che faranno tutti gli altri Bulldogs nella pausa estiva.»

«Lo so» risposi, grato per il cambio di argomento. «A proposito...» Piegai la testa in direzione della porta della roulotte.

«Certo, certo, torna al lavoro. Prima che mi accusino di *palese nepotismo*» disse papà sorridendo. «Ci vediamo prima che tu vada da Jug stasera?»

«Uhm, forse.» Io e Geraldine non ci eravamo ancora messi d'accordo su quando incontrarci.

«Sono felice che tu stia da lui» continuò papà, come aggiungendo un'ulteriore riflessione. «Probabilmente Jughead ha bisogno di un amico in questo momento, con il fatto che F.P...» Si interruppe di colpo, come se si fosse reso conto di aver portato la conversazione in una direzione imprevista.

«Che F.P. cosa?» domandai. Cosa mi stava nascondendo mio padre?

«Niente, sto solo parlando a vanvera. Divertitevi, ragazzi. E fammi sapere come sta Jug.»

«Okay» risposi, chiedendomi perché mio padre volesse notizie sulla situazione di Jughead. Chiedendomi che cosa *lui* stesse nascondendo a *me*.

A quanto pareva, non ero l'unico a dire bugie innocenti in quel periodo.

Non è una bugia, mi corressi. È un'*omissione*.

Papà stava *omettendo* delle cose, me le stava nascondendo.

Non sembrava affatto meglio di una bugia.

Ben:

Sicura ke non c possiamo vedere oggi? Mi manki!

Geraldine:

Oggi no. Ho altri piani.

Ben:

Ma...

Geraldine:

Ho detto che ho altri piani. La tua lezione è la settimana prossima. Se vieni prima, puoi destare sospetti.

Ben:

Ma nn 6 stufa di fare le cose di nascosto? Nn preferiresti fare ttt alla luce del sole?

Geraldine:

Capisco che tu sia frustrato. Ma se la cosa si viene a sapere, è finita. È davvero quello che vuoi? Non preferisci portare pazienza?

Ben:

Immagino d sì. Ma nn mi piace.

Geraldine:

Goditi il 4 luglio. Ci vediamo la settimana prossima.

13

BETTY

Tutte le fonti concordano nel dipingere Veronica Lodge come una bellezza corvina intelligente, sicura di sé ed estremamente eloquente, regina di tutto ciò che controlla in qualità di sofisticata studentessa del secondo anno presso l'aristocratica Spence Academy di New York. La figlia di Hiram e Hermione Lodge – esatto, quei Lodge, i magnati della Lodge Industries – è una quasi-debuttante coccolatissima che pare avere l'intero mondo nelle sue mani (le quali rivelano una manicure perfetta, ovviamente).

Come immaginate la studentessa di liceo più *in* del momento? Vi garantiamo che Veronica ha tutto: cervello? Sì. Bellezza? Sì. Un conto in banca senza fondo, una squadra di #BFF leali #finoallafine e "in voga" quanto lei, nonché la possibilità di scegliere qualsiasi corteggiatore le aggradi?

Sì. Sì. E sì.

Si dice che Veronica "Ronnie" Lodge una volta abbia acquistato l'intero reparto scarpe di Saks in modo che nessun'altra studentessa potesse indossare gli stessi tacchi a spillo che sfoggiava lei (immagino che non abbia mai sentito parlare di Zappos).

Pochi sono disposti a dire qualcosa *contro* la cara, vecchia Ronnie, ma in effetti perché dovrebbero? Lei stessa, a quanto pare, si autodefinisce ironicamente "una stronza superficiale, ricca e dannosa che rovina qualsiasi cosa incroci il suo percorso".

Okay, allora. #Sorrynotsorry.

Sembra che il caro paparino giochi con il fuoco con i lupi di Wall Street, ma finora, a parte il mormorio della classe inferiore, non gli sono state rivolte accuse. E anche se Veronica eccelle praticamente in qualsiasi cosa decida di fare, secondo tutte le fonti (sul serio: sa cantare, ballare e citare opere di alta letteratura in un battito di ciglia, ciglia ovviamente perfettamente truccate), ci dicono che ha un talento speciale per la matematica: ovvero il bernoccolo degli affari.

Perché accontentarsi di ereditare l'azienda di famiglia quando invece potresti dominarla tu stessa? Il futuro della Lodge Industries potrebbe benissimo essere donna.

Caro diario,

dopo due ore e infiniti labirinti di Google, ero arrivata fino a quel punto con la mia storia su Veronica Lodge. Quella ragazza era assolutamente inaccessibile, perciò, invece di affidarmi alla fonte diretta, avevo pensato di scavare un po' per conto mio.

Ma non c'erano scheletri nell'armadio.

Davvero, questa Veronica sembrava terribile: una dittatrice benevola convinta che il suo aspetto e i suoi soldi le dessero il diritto di calpestare la vita, le necessità e i sogni degli altri. Ma quelli che non volevano essere lei o stare *con* lei ne erano assolutamente terrorizzati. Nessuno lo diceva in termini espliciti, ma un po' di indagini sui forum degli studenti della Spence lo dimostravano chiaramente.

(A proposito, creare un profilo fake per quei forum è stato talmente facile che anche la stessa Nancy Drew si sarebbe annoiata a farlo.)

C'erano lettere aperte su atti di bullismo – in particolare la storia orribile di una povera ragazza costretta a bere dell'acqua piovana raccolta da terra, che a New York doveva essere disgustosa a livelli inimmaginabili – ma nessuna faceva nomi. Era abbastanza facile unire i puntini quando si leggevano lettere e thread di mesi e mesi tutti di fila, ricostruendo gli altri personaggi e cercando di trovare un filo comune.

Le voci peggiori erano su Hiram Lodge, un magnate di Wall Street. Nella primavera precedente aveva gestito un qualche genere di investimento che alcuni consulenti finanziari paragonavano alle truffe di Bernie Madoff. Ma di nuovo nessuno lo accusava esplicitamente, e fino a quel momento nulla aveva interferito con la vita protetta, agiata e lussuosa dei Lodge. Il profilo Instagram personale di Veronica era privato, mentre quello pubblico era pieno di foto curatissime degli allestimenti di Barneys, Bendel... quella che sembrava una prova abiti privata con... Christian Siriano... per il Met Gala??? Già, e poi c'era una foto di un paio di scarpe coordinate disegnate appositamente per lei da #JimmyChoo... non sapevo che le portassero anche le persone reali e non solo le star del cinema.

Si faceva acconciare e truccare da Paul Podlucky nell'Upper East Side, come Kendall Jenner e le altre modelle di Estée Lauder, e andava in palestra alla Tone House prima di decidere che c'era troppa gente e di farsi costruire dal padre una sala spinning personale in casa. Lei e Taylor Swift erano state avvistate con ironiche manicure uguali in prima fila da Nanette Lepore alla Fashion Week dell'anno prima. Le avevano chiesto di fare da giudice speciale a *Project Runway: Junior* con Ariana Grande, ma lei aveva rifiutato perché in quella settimana doveva andare a Necker (sapete, l'isola privata di Richard Branson). Dove l'avevano – pensate un po' – fotografata "a sua insaputa" mentre baciava candidamente il modello Anwar Hadid.

E quindi cosa si poteva dire su di lei che non avesse già detto lei stessa?

Be', non l'avrei comunque mai scoperto. Non a giudicare da come stava andando il mio pomeriggio.

Rebecca aveva proposto di uscire prima dall'ufficio, con la scusa che il giorno dopo era festa. Ma l'atmosfera era cambiata dopo lo "Zainogate", e anche se lei, io e Cleo praticamente ce ne stavamo alle rispettive scrivanie a guardare la vernice metaforica che si asciugava (o, nel mio caso, a inventare "interviste" a terzi su un soggetto patologicamente elusivo), di certo non volevo essere io a sollevare di nuovo l'argomento.

Cleo... Lanciai un'occhiata oltre l'open space, verso il bancone della reception, e mi ritrovai di nuovo a chiedermi se *potesse* essere stata lei a piazzarmi nello zaino la roba presa dall'armadio. In realtà doveva essere un ambiente "basato sul rispetto", come aveva detto Rebecca. Ma lo sapevo anch'io che le ragazze non si comportano sempre così. Che mi fossi inimicata Cleo in qualche modo? Al punto da spingerla a fare una cosa così folle, addirittura mettendo a rischio la sua stessa reputazione presso il sito, soltanto per distruggermi?

Non riuscivo a pensare a niente che potessi aver fatto per mettermi contro Cleo. Ma alcune ragazze non hanno bisogno di scuse. Non era quello che dimostravano tutte le storie su Veronica Lodge che avevo scovato? Forse quella era la prima vera lezione che doveva imparare la Betty di L.A.

Be', una cosa la sapevo per certo: la Betty di L.A. non si sarebbe arresa così facilmente.

COSE CHE SO SU CLEO:

1) Porta degli occhiali molto *cool*
2) Ha i capelli super-luminosi
3) Praticamente non mi ha mai detto più di poche frasi consecutive, e di solito si trattava di frasi tipo "C'è della torta nella sala relax" oppure "Rebecca vuole i campioni di calzini da yoga, tipo immediatamente". A cui io rispondevo rispettivamente "Oh, grazie!" e "Certo!".

Dunque, non è che tutti debbano sempre volersi bene. Non è un problema. Magari alcuni pensano che io sia troppo perfettina o troppo insignificante. Di sicuro non sono una hipster di L.A.

Non saremo mai amiche per la pelle. Ma nelle poche settimane che avevo passato a "Hello Giggles" non mi veniva in mente nulla che potessi aver fatto per inimicarmi qualcuno, e di certo non Cleo in particolare. In genere andavo a prendere il caffè per l'ufficio, procedevo a testa bassa, archiviavo quello che doveva essere archiviato e pregavo che magari alla fine mi assegnassero un vero incarico di scrittura.

E quel giorno era successo.

"Mmh."

E non un solo incarico. Quello sulla carta da parati *e* il profilo di Veronica Lodge.

Cioè, sapevo che non era perché Rebecca avesse improvvisamente notato un enorme potenziale in me. Casualmente mi ero trovata nel posto giusto – un ufficio quasi deserto – al momento giusto. Chi volevo prendere in giro? Eppure non so, se Cleo avesse avuto ambizioni da giornalista, magari avrebbe visto il mio balzo in alto sulla scala editoriale come una minaccia.

Era la spiegazione migliore che mi venisse in mente.

Che anche Cleo sognasse di firmare degli articoli? Che lo volesse così tanto da essere disposta a *piazzare delle prove nel mio zaino* per incastrarmi?

E se era così, quale sarebbe stata la sua prossima mossa?

Sono una che preferisce l'amore alla guerra, ma chiunque avesse frugato tra le mie cose mi aveva attaccata. Qualsiasi cosa avessi fatto io, sarebbe stata legittima difesa.

Compreso, per esempio, sbirciare tra i file di Cleo per capire se ce l'avesse con me e perché.

Il cellulare sarebbe stata la scelta più ovvia, ma ci stava attaccata come se fosse stato un organo vitale. Se lo portava anche in bagno. (Nota a margine: bleah.) Dopo circa un'ora passata a osservare i suoi movimenti senza farmi notare, l'avevo imparato a mie spese.

Stavo ultimando il pezzo provvisorio su Veronica Lodge – chiaramente non avrei avuto pace finché non avessi ottenuto una maledetta citazione di Sua Altezza in persona, ma intanto aver scritto qualcosa era meglio di niente, e per il momento doveva bastare – quando finalmente notai i suoi capelli luminosissimi che le scendevano a cascata sulle spalle mentre allontanava la sedia dal bancone della reception. Non si era praticamente mossa negli ultimi sessanta minuti, perciò mi parve un'occasione da cogliere. Cleo sparì in bagno. Non sapevo se avesse portato il telefono con sé.

Rebecca era tornata nella sala conferenze e stava studiando dei layout o qualcosa di ugualmente "gestionale". Quindi non poteva vedermi mentre non dimostravo alcun rispetto alla mia collega e al suo spazio personale. *Bonus*. Mi avvicinai di soppiatto al bancone della reception con il mio cellulare e una chiavetta USB in tasca. (Nancy Drew non avrebbe mai avviato un'indagine senza prepararsi adeguatamente, e io nemmeno.)

C'erano fogli sparsi ovunque. (Per essere un luogo di lavoro digitale, producevamo un bel po' di stampe. Lo stile analogico e retrò era un po' il marchio di fabbrica del nostro team. Sinceramente se un giorno fossi arrivata e avessi trovato Rebecca che scriveva articoli a mano, con una folle penna d'oca, non mi sarei stupita per niente.) Presi il telefono e fotografai qualsiasi cosa; non avevo idea di cosa potesse rivelarsi un indizio.

Avevo solo qualche istante, ma da quello che potevo vedere si trattava principalmente di modelli di comunicati stampa, segnati con la matita rossa e con sopra dei post-it fosforescenti. *Okay, niente a che fare con me*. Prima di quel giorno non mi avevano affidato nulla di ufficiale come un comunicato stampa. Di solito non arrivavano neanche alla mia scrivania. C'era anche il badge di Cleo; nella foto i suoi zigomi appuntiti puntavano dritti verso l'obiettivo.

Ebbi un brivido. Cleo non era mai stata carina e coccolosa, ma con il fatto che forse mi considerava un bersaglio, quell'espressione severa sembra molto più minacciosa. Feci una foto del suo badge. Non avevo idea di come usarlo: per scoprire esattamente quando era entrata e uscita dall'edificio? Chi se ne importava? Ma erano comunque informazioni aggiuntive, e quello mi confortava.

«Hai bisogno di qualcosa, Betty?»

Feci un salto. *Ero proprio brava a non farmi notare*. Mi ero lasciata prendere così tanto dalle foto alla scrivania di Cleo che non l'avevo sentita tornare dal bagno. Roba da vera dilettante. Nancy Drew si sarebbe vergognata di me.

Riflettei rapidamente e mi infilai in tasca il cellulare, con le spaventose foto incriminanti che conteneva. «Scusa. Volevo farti una domanda... sugli orari di Rebecca, ma mi è arrivato un messaggio mentre ti aspettavo.»

«A-ha.» Non sembrava convinta. «Be', probabilmente sarà qui fino all'orario di chiusura normale, anche se domani è festa. Non è il tipo che stacca prima. Mi spiace deluderti.» Fece una faccia tutt'altro che credibile.

«Già. Oh, be'.» Ci pensai. C'era modo di sfruttare la cosa a mio vantaggio? «E resti qui anche tu?» Magari avrei avuto un'altra opportunità di sbirciare nel suo computer.

Ero *disposta* a dare un'occhiata al suo computer? Tipo esaminare davvero i suoi file?

Pensavo di esserlo. La Betty di L.A. lo era.

«Se Rebecca è qui, sono qui anch'io» rispose lei. Strinse le labbra in una linea tesa.

Cercai di sembrare felice per la notizia. «Ovviamente. Uhm, anch'io.»

«Certo» disse Cleo. «Wow.»

Sarcasmo. Una novità.

Be', per la Betty di L.A. era il momento del piano B.

Da: WWeatherbee@GoBulldogs.edu
To: [mailing list: Tutti_i_Bulldog_Football]
Oggetto: Scherzi

A tutti i giocatori di football dei Bulldogs:

Il coach Clayton mi ha informato della recente scoperta di uno scherzo ai danni del nostro campo da football. Ormai avrete saputo tutti che è stato trovato ricoperto di forchette di plastica conficcate nel terreno. Chiunque sia il colpevole, ha fatto un lavoro davvero preciso.

Anche se il custode Svenson si è offerto di ripulire il campo, io e il coach Clayton abbiamo discusso la cosa e concordiamo sul fatto che dovrebbero essere i Bulldogs a occuparsene tutti insieme. A prescindere dall'identità dei responsabili, la pulizia collettiva dovrebbe essere un buon esercizio per rafforzare lo spirito di squadra.

Ovviamente ci rendiamo conto del fatto che i vandali responsabili potrebbero non essere studenti della Riverdale High. È infatti assolutamente plausibile che si tratti di un atto di sfida da parte dei nostri rivali sportivi. Vi segnalo che la scuola ha una politica ufficiale di tolleranza zero verso queste "guerre di scherzi"; ci aspettiamo che i nostri studenti si comportino da quegli ambasciatori maturi e decorosi della Riverdale High che sono e che evitino qualsiasi forma di ritorsione.

Grazie.

Da: RMantle@GoBulldogs.edu
A: [list: I_miei_Dogs]
Oggetto: Scherzi

Yo, lo so che Bee vuole che non facciamo nulla, e credo che quella sia anche la posizione ufficiale del coach a proposito degli scherzi. Ma noi non lasceremo cadere la provocazione, vero?

Ci vediamo dopo il film al Twilight, portate le vostre migliori idee di vendetta. Non deludetemi, Dogs.

Archie:

Scusa, Reg. Nn riesco a venire stasera.

Reggie:

Andrews! Dov'è il tuo spirito di squadra?

Archie:

Nn posso. Mi spiace.

Reggie:

Non basta. La squadra ha bisogno d te.

Archie:

Magari dopo il 4. Nn so. Ho dei casini. Penserò a degli scherzi, se riesco. Magari qualcos'altro?

Reggie:

Dai.

Reggie:

Ok, amico. Spero ke tu ritrovi la tua lealtà prima ke ricominci la stagione.

14

JUGHEAD

Ci misi una vita e fuori faceva un caldo infernale, ma andai a piedi dal Twilight al nuovo cantiere della Andrews Construction. Sapevo dov'era, ovviamente, anche se non avevo ancora visto mio padre uscire per il lavoro e anche se io e Archie non passavamo molto tempo insieme ultimamente. Nello stato in cui ero, se fossi stato a casa me ne sarei fregato e avrei preso la bici di papà, dicesse quello che gli pareva. Se quello che mi aveva detto il Serpent era vero, allora non poteva certo venire a darmi ordini.

Ma anche se ero agitatissimo, c'era una parte non tanto piccola di me che ancora, contro ogni razionalità, sperava che non fosse vero.

Anche se non l'avevo mai *visto* andare al lavoro. Mai una volta dall'inizio dell'estate. E forse anche da prima? Ero davvero così preso da me stesso da non ricordarmelo neanche?

Lo stomaco prese a rimbalzarmi su e giù appena vidi il cantiere: il retroescavatore in funzione che masticava la terra asciutta e sputava grosse nuvole di polvere e detriti. Mi resi conto in quel momento che Archie poteva essere lì. Che probabilmente *era* lì. In qualche modo non ci avevo pensato. E allora? Ovviamente mi stava evitando. Se mi fossi presentato di sorpresa sul suo posto di lavoro, non sarebbe stato contento.

"Chi se ne importa?" decisi, più carico che mai. "Perché devo essere l'unico che si sente sempre di merda? Chi se ne frega se si sente a disagio, è lui che mi sta evitando! Che sia lui a rispondere delle sue stronzate, una volta tanto."

A ogni passo alimentavo la mia giustificata indignazione, la facevo salire di un'altra tacca. Non ero più solo il tizio strambo, cinico e cupo della Riverdale High; questa rabbia, nerissima e rovente come se avessi avuto il cuore pieno di catrame, era di un livello senza precedenti persino per me.

Ripensai a quanto Pop aveva raccontato a me e Dilton della gente che era venuta al diner nel corso degli anni. *Bonnie e Clyde*... era pazzesco. E suo padre che diceva di aver avuto una premonizione, o un... un *qualcosa* su di loro, all'epoca. Quella roba New Age non mi convinceva, ma Pop credeva di sicuro a quello che ci raccontava. E poi c'era Dilton, in piena modalità Cassandra, che vaticinava il giorno del giudizio. "Una luna di sangue" aveva detto. E adesso il sangue mi ribolliva nelle vene, un patto alimentato dalla furia.

No, non credevo a quello che ci aveva detto Pop. Ma laggiù, mentre marciavo verso la roulotte del signor Andrews sotto il sole cocente di mezzogiorno, fu la prima volta che sentii nel profondo che forse non era del tutto insensata l'idea che ci fosse, o ci fosse sempre stato, qualcosa di malvagio nel cuore di Riverdale.

Qualcosa che si stava preparando a emergere, ad abbrancarmi con i suoi artigli. A ghermire tutti noi.

Qualcosa a cui forse non saremmo sfuggiti indenni.

Il signor Andrews sembrò sinceramente sorpreso quando feci irruzione nella sua roulotte. Sobbalzò persino quando la porta sbatté. Alle mie spalle Lenny, il capomastro, gridò: «Ehi! Non puoi piombare là dentro e basta. Il signor Andrews sta lavorando». E invece sì che *potevo, volevo* farlo e lo *stavo* facendo, quindi chi se ne frega, Lenny.

Anche se l'avevo preso alla sprovvista, il signor Andrews fu molto più gentile di Lenny. Qualsiasi cosa fosse quella a cui stava lavorando, la piegò delicatamente e la ripose nel cassetto della scrivania. «Jughead» disse, come se fosse felice di vedermi. Quasi come se mi stesse aspettando. «Hai mancato Archie per pochissimo.»

«Già» borbottai, infilando un pollice nella tasca posteriore. «Pare che capiti spesso ultimamente.» Ma Archie mi mancava, oppure ero io che lo *mancavo*, in senso letterale? Difficile a dirsi. Probabilmente una combinazione delle due cose.

«Davvero?» Il signor Andrews inarcò un sopracciglio. «E io che pensavo che foste sempre amici per la pelle.»

Sorrisi anche se non volevo. «Signor Andrews» dissi, «non ho più i nonni, ma anche se li avessi, non credo che nemmeno loro userebbero l'espressione "amici per la pelle".» Sapevo che la lieve presa in giro non gli avrebbe dato fastidio.

E infatti scrollò le spalle bonariamente, proprio come mi aspettavo. «Gemelli siamesi. Inseparabili. *Amici del cuore.*» Mi strizzò l'occhio. «Che ne dici?»

Scossi la testa. «Mi sta uccidendo, signore.»

«Forse vuoi dire *vecchio signore*?»

Cavoli, perché doveva essere così gradevole anche quando io ero così arrabbiato? Ovviamente si poteva dire lo stesso di Archie. Era grazie a quella dote che la passava sempre liscia.

«Non l'ha sentito? Il milione è il nuovo miliardo. In termini di età, intendo.» Mi permisi di sedermi di fronte a lui.

Il solo pensiero di Archie e della nostra passata inseparabilità fu però sufficiente a riportarmi allo scopo originario di quell'incontro. Nonché a deprimermi un po'.

«Be', comunque io e Arch siamo entrambi, come dire... impegnati» conclusi debolmente. Era una spiegazione debole perché, *be'*, era estate: quanto impegnati potevano essere due adolescenti? Certo, Archie aveva il suo lavoro, e sì, io avevo la mia scrittura... ma nessuna delle due cose prendeva tutta la giornata. E nessuna spiegava perché all'improvviso fossimo l'esatto opposto di due *amici per la pelle*.

«Lo so, lo so» disse Fred, il che mi rese triste per un attimo, per via di tutto quello che *non* sapeva. (Ma non siamo forse tutti nella stessa situazione?) «Ho paura di farlo lavorare troppo. E poi sta fuori tutta la sera. Cosa combinate voi due? Quanti milkshake potranno mai bere due ragazzi, anche due giovani robusti come voi?» Fra gli occhi gli comparve un solco profondo che indicava che era *davvero* preoccupato per quella faccenda, anche se cercava di non darlo a vedere.

Stava fuori tutta la sera. E il signor Andrews non sapeva dove andava. Pensava che Archie venisse con me da Pop's, visto che ovviamente non eravamo a casa loro. *Mmh.*

A prescindere dalla situazione tra me e Archie, non avevo intenzione di tradirlo. Non faccio la spia. «Tanti, signor Andrews. Ma del resto lo sa che mangiare praticamente è il mio superpotere.»

«Lo è sempre stato, Jug. È proprio così.» Spostò alcuni fogli da un lato per appoggiare gli avambracci sulla scrivania. «Devo ammetterlo, mi sono sentito sollevato quando mi ha detto che domani andrete a Centerville come una volta. Un po' di ritorno alla normalità farà bene ad Archie.» Sospirò. «Non ne parla molto, ma penso che per lui la partenza della madre sia stato un colpo più duro di quanto mi aspettassi.»

«Già, immagino che sia normale.» Non potevo certo dire di aver preso tanto bene la partenza della mia, di madre.

Ma la vera notizia non era quella, era il fatto che Archie avesse detto a suo padre del nostro progetto di andare a Centerville, anche se mi aveva evitato in modo piuttosto deciso da quando ci eravamo messi d'accordo. Quindi o pensava *davvero* di venire con me il giorno dopo... oppure mi stava usando come alibi.

Odiavo il fatto che la seconda opzione fosse molto più probabile della prima.

E odiavo anche il fatto di non essere *comunque* uno che fa la spia. Non sarei stato io a dire a Fred Andrews che Archie aveva altri piani per il quattro luglio.

«Normalissimo. Ha bisogno del suo spazio» disse il signor Andrews, riportandomi di scatto al presente. «Mi farò anche andar bene il fatto che dorma da te il giorno prima della festa. Che posso dire? Sono un vero martire.»

«Da me?» La voce mi si alzò di colpo. Archie non dormiva *mai* da me, neanche quando la situazione *era* normale. C'era semplicemente molto più spazio a casa sua.

Diedi un colpo di tosse e aggiustai il tono. «Be', sì. I bei tempi andati, bla bla bla. Ci divertiremo, come se avessimo ancora dieci anni. Peccato solo che adesso siamo troppo grandi per la casa sull'albero.»

Il signor Andrews sollevò le sopracciglia. «Se mi stai chiedendo di costruirvene un'altra, risparmia il fiato. Ho già abbastanza da fare qui, se non si vede.»

«Lo vedo, lo vedo.» Feci una pausa e inspirai a fondo. Era il mio momento. Dovevo solo tirarlo fuori. «A proposito... c'è la squadra al completo. C'è anche mio padre? Non l'ho visto venendo qui.»

«Tuo... padre?» Il viso del signor Andrews fu attraversato da una serie di espressioni: confusione, sorpresa... e infine rimorso.

Mi sentii sprofondare. Eccola lì, la verità che mi ero tanto sforzato di evitare.

«Jug» disse il signor Andrews, stavolta più dolcemente, in un modo che mi fece chiudere la gola al solo segnale della sua pietà. «Tuo padre non è qui.»

Rimasi in silenzio, aspettando che mi desse la notizia peggiore.

All'improvviso il signor Andrews sembrò estremamente a disagio. *Bene*. Almeno eravamo in due. «Quello è, uhm, uno dei motivi per cui ero contento che Arch stesse da te stanotte. Ero...» Sembrava indeciso su come dire quello che aveva in mente, *se* dirlo o meno.

Alla fine mi guardò dritto negli occhi. «Jug, lo sai che io e tuo padre siamo amici da una vita. Per me è come un fratello.»

Non dissi nulla, ma sostenni il suo sguardo.

«Ma sai anche che le persone cambiano, evolvono, si allontanano... e, sai, è triste – a volte persino tragico – ma non sempre ci si può fare qualcosa.»

Mio padre e il signor Andrews erano come fratelli? Sì, lo erano. Come lo eravamo stati anch'io e Arch. E il signor Andrews per me era come un secondo padre... un padre affidabile come quelli che si vedono in televisione, che ti dava dietro il pranzo e portava fuori il cane. Non mi sarei mai, mai aspettato di trovarmi seduto di fronte a lui e di sentire che tutti i legami tra le nostre famiglie, l'amicizia e la fiducia si erano completamente disgregati.

La parola mi colpì come uno schiaffo sulla guancia. *Alcolizzato*. Lo sapevamo tutti, ovviamente. Ma non lo dicevamo in modo esplicito.

Il signor Andrews lasciò cadere le spalle. «Devi aver notato qualcosa. Non so, magari lo nascondeva quand'era a casa. So che deve averci provato. Ma a un certo punto diventa impossibile da nascondere completamente.» Allungò il braccio oltre la scrivania per prendermi la mano, ma io la tirai indietro. Non era un filmato istruttivo del corso di educazione sanitaria, era la mia *vita*. «Comunque i dettagli non sono poi così importanti. È la stessa storia che tanti conoscono bene. È una malattia, sai.»

«*Lo so*» risposi a denti stretti. Come se avessi avuto bisogno che Fred Andrews inventasse scuse per mio padre.

Come se *esistessero* delle scuse da inventare.

«E quindi, come dicevo, è per quello che sono stato felice di sapere che Archie starà da te stanotte. So che... be', diciamo solo che Riverdale è un paese piccolo. Le voci girano. So che tuo padre non dorme a casa. Quindi ho pensato che un po' di compagnia ti facesse bene.»

Sul pavimento in linoleum della roulotte c'era una macchia, un segno nero tipo l'impronta di una scarpa da ginnastica. Mi concentrai su quel punto come se contenesse i segreti dell'universo.

«Dov'è mio padre, signor Andrews?» chiesi a bassa voce.

«Jughead.» Il signor Andrews si grattò la testa. Si alzò, mi guardò e si sedette di nuovo. «Jug. Io non... in tutta onestà, credevo che lo sapessi. Dopo che tua madre se n'è andata, tuo padre ha preso a bere sempre di più. Non puoi non essertene accorto. Non veniva quasi più al lavoro. Se si presentava, era troppo ubriaco per fare qualsiasi cosa. L'ho dovuto congedare, Jug.»

«Quando?» chiesi, cercando di impedire alla mia voce di spezzarsi.

«Quando...»

«Quando l'ha *licenziato*?» Quella parola mi sembrò spessa e spinosa sulla lingua.

«Ancora in marzo» ammise il signor Andrews.

Marzo. Quindi mio padre era disoccupato da mesi. Mi mentiva. Non in faccia, certo, perché per quello si sarebbe dovuto fare vivo. E invece...

«Allora, dove *pensa* che sia?» chiesi. «È troppo imbarazzato per venire a casa, per affrontare il suo unico figlio maschio. Dove va mio padre tutti i giorni?»

«Jughead...» cominciò a dire il signor Andrews, poi la voce gli si ruppe.

«*Risponda alla domanda*.» Fissai la macchia sul pavimento, come se avessi potuto incendiarla se l'avessi guardata abbastanza intensamente.

«Jug, lo sai dove va, anche se non vuoi ammetterlo.»

Alla fine alzai gli occhi. Il viso del signor Andrews era tutto contorto, corrugato per il dispiacere e il rimpianto. Sentii che anche il mio si contorceva, mentre la fronte e la mascella si tendevano.

«Allora è vero quello che mi ha detto quel Serpent oggi?»

«Un Serpent?» Il signor Andrews si piegò per guardarmi fisso. «Qualcuno ti ha minacciato?»

Lo respinsi con un cenno. «Tutto a posto. Sto bene. Ma mi dica: quello che mi ha detto su mio padre è vero?» Mi sfregai la guancia con il dorso della mano. Mi rifiutavo di versare anche solo una lacrima. «È di nuovo un Serpent?»

Il signor Andrews sbiancò. Mi bastava quella come conferma, ma lui rispose comunque.

«È di nuovo un Serpent» disse sottovoce. «Ma non un Serpent qualsiasi.

«Jughead.» Fece di nuovo per sfiorarmi, e io mi ritrassi un'altra volta. «Jug, è *il* Serpent per eccellenza.

«È il loro capo.»

Cam:

Soggetto allontanato. Via libera.

Nick:

Uhm ke diavolo vuol dire? Parliamo come i fumetti militari adesso?

Annie:

Cam cerca d essere sottile – Ronnie se n'è andata. Alla volta di Barneys, dopo il ns primo msg. Qualke incarico x Grace.

Cam:

Ugh, GRACE, ovviamente. Come se la kiamasse davvero per nome. Cioè, MIA madre è la BFF d Anna Wintour, ma IO mica la kiamo Anna come se fossimo amike. Si kiama CLASSE. A V ne servirebbe un po'.

Annie:

Suo padre è Hiram Lodge. Credo ke ttt sappiamo da dove Veronica prende il suo concetto di classe. E comunque l'aspetta presto un risveglio molto poco elegante. Mia madre dice che sul Post online hanno appena pubblicato uno scoop sullo skema piramidale di suo padre.

Nick:

Ma c resterà impantanato? È antiaderente come il Teflon. L'unico manager criminale cn possibili legami cn la mafia ke abbia mai sentito. Tipo ttt i supercattivi in 1 xsona sola.

Annie:

Stando al Post, è 1 bel pantano. Anche i supercattivi hanno la loro kryptonite. E anke i gatti + grossi hanno cmq solo 9 vite.

Cam:

Ah, bella questa. Povera Veronica. La sua vita sta x esplodere. Quasi mi dispiace x lei... Aspettate, no – nn mi dispiace x niente.

Annie:

Ahi, Cameron. Spietata.

Cam:

Oh, dai. T 6 dimenticata di quando "x sbaglio" mi ha ordinato 1 taglia XXL x il completo da cheerleader & poi ha fatto finta d pensare sul serio ke fosse la mia taglia? Me l'ha dato davanti a ttt la squadra e ha raccontato ttt 1 storia sul fatto ke aveva "involontariamente decifrato male la mia corporatura". Cioè, ke czz?

Annie:

No, nn l'ho dimenticato. Stavo solo pensando a quando si è fiondata su Tommy Whitmore ben 3 secondi dopo che le avevo confidato d avere 1 cotta x lui. "Spietata" era 1 complimento. #respect, amica mia.

Cam:

E a te cos'ha fatto, Nicky? Già ke condividiamo le nostre tristi storie.

Nick:

Be', niente, in realtà. Niente di ke. Niente ke nn abbia fatto ad altri. Ma il problema è quello che non ha fatto PER me... o CON me... se mi capite. E come sapete questo nn mi piace affatto.

Cam:

E quindi la tua lamentela è ke non è stata cn te? Ugh, 6 il solito maiale. Nn so xké mi stupisco ancora.

Annie:

Ki conosciamo ke può essere da Barneys fra 10 min? Scoppierà il finimondo e io d sicuro voglio 1 resoconto completo.

Cam:

C penso io, cari... c vado fra poco. Pare ke abbiano anke cambiato le scarpe in esposizione: tacchi a spillo da urlo spakkettati stamattina. Se spiare V è impietoso, allora comprare qualcosa x me stessa è un'autococcola necessaria.

Annie:

Tu, mia cara, 6 l'ultima paladina della raffinatezza.

Cam:

Nn dimenticatevelo.

15

VERONICA

Holly Golightly aveva una teoria sul ruolo terapeutico dello shopping (anche se nel suo caso ovviamente si trattava solo di guardare le vetrine). Diceva che l'unica cura per il malumore era una tappa da Tiffany. Calmava le "paturnie" all'istante. "Niente di brutto può accaderti qui", ecco cosa diceva Holly di Tiffany. E io capivo benissimo cosa intendeva.

Solo che per me il porto sicuro è decisamente Barneys.

Ebbi a malapena il tempo di finire il caffelatte che avevo preso al Lalo prima di dover chiamare una macchina Uber per andare da Barneys.

(*Lo so*. Un'auto *Uber*. Come se fossi una specie di contadina. Ma la mamma aveva bisogno della macchina (e di Andre) e io non volevo insistere, sapendo che era impegnatissima. Esatto, è proprio così: Veronica Lodge è una martire nata.)

Be', se Holly Golightly poteva "saltare su un taxi" e andarsene da Tiffany, io potevo fare lo stesso con Barneys. Nel suo caso era una terapia. Nel mio era molto di più: era il mio lavoro.

Ma questo non significava che non fosse anche terapeutico.

"Quel silenzio e l'aria solenne del negozio." Ecco gli aspetti di Tiffany che Holly trovava così calmanti. E sì, Barneys ha quella stessa aria solenne, le inconfondibili tende da sole rosse, le vetrine di Simon Doonan che hanno alzato l'asticella per gli allestimenti di ogni negozio. Tutto in marmo bianco, la simmetria delle porte d'ingresso incorniciate in nero, le sedie da discoteca di un colore rosso brillante che punteggiano le aree relax perfettamente disposte per accogliere i clienti esclusivi in caso di stanchezza. È un trionfo di geometria e una vera oasi del lusso. Il fatto che possa venire qui e dire che è "per lavoro" è la ciliegina sulla torta del Momofuku Milk Bar.

(Una torta di compleanno, ovviamente. Sempre una torta di compleanno. E anche un paio di tartufi, se state cercando di entrare nelle mie grazie.)

Le porte si aprirono con un appagante sibilo, la promessa che in quello spazio il mondo esterno avrebbe cessato di esistere. Chi attraversa il maestoso velo di questo luogo sacro varca una soglia, garantendosi un posto fra i *must* per l'eternità. Anche l'aroma di Barneys era puro lusso: intenso, costoso e profumato. *Eau de parfum* e legno lucido. Manichini senza volto che sembravano repliche hipster prese dal set di *Arancia meccanica*, avvolti in grossi maglioni di lana e cashmere color crema nonostante l'afa inesorabile di mezza estate. Là dentro le stagioni smettevano di esistere, ovviamente. Quel luogo era un'utopia perenne.

La vetrinetta dei gioielli mi chiamò con uno scintillio – c'era una nuova collezione di ciondoli con le frange di Jennifer Meyer perfetta per una serata donne al Cielo Club – ma non ero lì per me.

(Oh, chi volevo prendere in giro? Potevo trasformarla in una visita per me, e ovviamente *l'avrei fatto*. Ma prima mi sarei occupata dell'incarico di Grace. Potevo arrivare almeno a quel livello di responsabilità.)

L'alta sartoria da donna era al quarto piano, quindi, pur controvoglia, mi costrinsi a passare oltre un allestimento di spettacolari tacchi a spillo decorati che mi chiamavano e a dirigermi invece verso la scala mobile. Proprio in quel momento passò Elena, una delle mie commesse preferite, con un espositore pieno di abiti di seta coloratissimi che fluttuavano come ali di fata.

«Ehi, mia cara!» dissi, salutando con la mano. «*Splendidi*. Vado a prendere delle cose per la rivista, ma promettimi che mi terrai da parte uno di quelli. Viola, ovviamente.» (Del resto è il colore di re e regine.)

Lei si bloccò di colpo… ma con riluttanza. «Oh, uhm, li sto

portando a far stirare con il vapore...» balbettò, con il viso che assumeva una preoccupante tonalità di rosa. «Il fatto è che non so quando verranno esposti.»

Aggrottai le sopracciglia. Cioè, per metà scherzavo quando le avevo chiesto di tenermene uno da parte. Ma anche se non fosse stato così, era *lei* a scherzare? Tutti sanno come funziona qui: io chiedo quello che voglio e lo ottengo.

È davvero semplice.

O almeno dovrebbe esserlo.

Feci finta di non cogliere il suo tono. «Ottimo!» cinguettai. «Fai stirare prima quello viola. Lasciamelo alla cassa.» Le feci il mio sorriso più luminoso, perfezionato da trattamenti mensili di sbiancamento laser.

Le si tese la mascella e le spalle le risalirono fino alle orecchie. Quando si voltò, capii benissimo la sua espressione anche solo dal linguaggio del corpo. C'era decisamente qualcosa in ballo.

Be', al diavolo lei. Non mi importava nulla del linguaggio del suo corpo.

"Il mio primo errore è stato chiedere" pensai, salendo sulla scala mobile e ansimando appena. Cosa me ne fregava delle sue spalle tese e del suo stupido caschetto lungo tagliato pari che era fuori moda da due stagioni?

"Non chiedere mai" diceva sempre papà. "Di' le cose e basta."

Le avrei *detto* che quell'abito viola era mio.

Lucinda – il contatto personale di Grace da Barneys – mi stava aspettando in cima alla scala mobile di fianco a un'enorme borsa piena di vestiti. Con gli scalini che salivano sulla cinghia meccanica andandole incontro, sembrava una scena da film di supereroi. La sua massa di riccioli ramati era stata domata con due bacchette cinesi smaltate di nero; sapevo benissimo che non erano fatte per mangiare, anzi, venivano vendute per una cifra superiore a quella che la maggior parte della gente spenderebbe per una porzione di lussuosa anatra alla pechinese da Mr Chow. Lucinda disegnava una sagoma imponente con i jeans bianchi a zampa d'elefante e un top corto a rete blu oltremare sopra un reggiseno a fascia ricoperto di paillettes rosse; immaginai che si fosse vestita in tema con il quattro luglio. Riconobbi i sandali in plastica con la zeppa dal catalogo primaverile di Prada e mi appuntai mentalmente di prenderne un paio anche per me prima di andare a casa quel pomeriggio.

(In un colore diverso. Un tocco personale fa tantissimo.)

«Tempismo perfetto!» esclamai, scendendo con grazia dall'ultimo scalino. «Dev'essere la borsa per Nostra Signora della Grazia Divina», ovvero il soprannome che avevamo dato a Grace in ufficio. (Non glielo dicevamo mai in faccia, ovviamente, anche se credo che non le avrebbe dato fastidio.)

«Esatto» confermò Lucinda, allontanandosi per un attimo dall'espositore per risistemarsi i capelli; i riccioli a cavatappi piroettarono in ogni direzione. «Stia attenta a tenerla dritta *per tutto il tempo*; è un misto lino allucinante da stirare.» Aveva un'aria più severa di quanto non richiedesse il commento, visto che stavamo parlando della cura di un capo d'abbigliamento. Un capo dannatamente costoso, ma comunque un vestito.

In quel momento mi sentii travolgere da una sensazione, tipo quella che provi quando entri in una stanza e ti rendi conto che la gente ha *appena* parlato di te, e di certo non ha detto belle cose. O quella che provi quando qualcuno ti lancia un'occhiata disgustata dall'altra parte di un auditorium affollato. Era la sensazione di essere... *osservata*... e non sotto una luce positiva. Mi fece formicolare la pelle, come una lieve scottatura solare. Ma aggiungendoci il comportamento imbarazzato di Cam e Annie al Café Lalo e la sensazione di quella mattina nella lobby del Dakota, si passava da una bruciatura leggera all'esposizione alle radiazioni.

Ormai non c'erano dubbi: stava succedendo qualcosa.

Decisi di sondare la situazione, per capire esattamente fino a che livello di paranoia fossi arrivata. «Posso dare un'occhiata?» chiesi, facendo per prendere la borsa di vestiti. Normalmente non sarebbe stato un problema: non solo Veronica Lodge sa maneggiare gli abiti di lusso, ma, come già discusso, Veronica Lodge ha anche un'inarrestabile tendenza a ottenere ciò che vuole.

Ma non quella volta. Lucinda si riprese la borsa così in fretta che sembrava che *io* fossi radioattiva. Il viso le si contorse in un sogghigno involontario. «Si fermi!»

Dovetti sembrare scioccata, perché Lucinda si prese un attimo per ricomporsi e ritentò. «È solo che... ci ho dedicato *delle ore* stamattina. Non vorrei proprio rischiare che finisse in disordine prima di arrivare a Grace.»

«*Tsk- tsk*» dissi. «E io che pensavo che il nostro fosse un legame basato sulla fiducia!»

Non fu decisamente un'uscita felice. Lucinda mi fulminò con lo sguardo, pareva che fosse giunta al punto di non ritorno. «Una Lodge che parla di *fiducia*» sibilò. «Buffo. Ma la risposta è comunque no.»

Mi sentii avvampare. «Cosa sta insinuando esattamente, Lucinda?»

Lei sbuffò. «Oh, credo che lei lo sappia benissimo. O forse sta ancora giocando la carta della "negazione plausibile" quando si tratta del suo caro paparino?»

Mi avvicinai a lei di un passo. «Non dovrei certo ricordarle che il mio *caro paparino* è un cliente VIP di questa boutique. Il che significa che dovrebbe badare a come ne parla.»

«Nascondersi dietro di lui non le servirà più a niente, Veronica» commentò Lucinda. Per un attimo sembrò quasi che mi compatisse. «Fine dei giochi, principessa.»

Volevo darle uno spintone, pararmi davanti a lei e farle del male fisico che le durasse a lungo. Tuttavia, fra le altre cose, papà mi diceva sempre di non lasciare una scia di prove. Quindi feci il respiro più profondo che si possa immaginare. Poi chiesi di parlare con la responsabile.

Lucinda scrollò le spalle. «Come vuole.» Diede un colpetto al cercapersone che aveva appeso alla tasca dei jeans. «L'ho già contattata, sta arrivando.»

E infatti pochi secondi dopo arrivò una responsabile. Era una che non conoscevo, il che era piuttosto strano; credevo di conoscere *tutti* i dipendenti di Barneys. Ed era anche insolito che mi stesse squadrando come se fossi un animale dello zoo, una creatura subumana da osservare da dietro un vetro o delle sbarre, se proprio occorreva.

«Signorina Lodge» esordì la donna. «Sono Tamsin Payne...»

«Lasci perdere, come se mi interessasse» la interruppi. «Più del suo nome, mi importa che spieghi ai suoi dipendenti come devono trattare i clienti migliori. Lucinda, qui, mi ha trattato con un atteggiamento meno che gradevole.»

«*Mmh.*» Questa Tamsin Payne – chiaramente un nome inventato da qualcuno assolutamente privo di fantasia – non sembrava affatto colpita dalla notizia. Si sistemò la cortina di capelli nerissimi dietro una spalla. «A essere sincera, signorina Lodge» disse, «la sto tenendo d'occhio da quando è entrata nel negozio...»

Quando sentii che mi aveva tenuta sotto controllo, girai su me stessa in cerca delle telecamere nascoste; sapevo che c'erano, ma sapevo anche che non le avrei mai trovate.

«È illegale, sa» risposi subito, senza sapere se fosse vero, ma sospettando che probabilmente non lo fosse. Del resto magari non lo sapeva neanche lei. "L'intimidazione è per il settanta per cento arroganza" diceva sempre papà. Comportati in modo autorevole e la gente comprerà tutto ciò che vendi (metaforicamente).

Solo che in quel momento non sembrava funzionare tanto bene. Tamsin sollevò una mano per interrompermi. «La sto osservando fin da quando è entrata, e francamente è stata lei a essere maleducata e irascibile con le mie dipendenti. Questo ovviamente non si addice a una cliente di Barneys ed è inaccettabile.»

«Di che diavolo sta *parlando*?» esplosi. «Non ho visto praticamente nessuno da quando sono entrata, men che meno ci ho interagito.» Ci pensai un attimo. «Aspetti, è perché ho chiesto a Elena di tenermi da parte uno degli abiti di seta? Non capisco cosa ci sia di male. Spesso scelgo per prima fra i nuovi arrivi. Non è mai stato un problema finora.»

«C'è una prima volta per tutto» ribatté lei.

«Tutto questo è *assurdo*» sbottai. «Mi state maltrattando. State pur certi che, quando mio padre verrà a saperlo, ci saranno delle conseguenze.»

«Che ci creda o no, signorina Lodge, non sono terribilmente preoccupata da suo padre e da quello che potrebbe dire al proposito. Ho il presentimento che avrà... be', altre questioni di occuparsi, e presto.»

«E queste cosa sarebbero? *Calunnie*?» Non riuscii a trattenermi e alzai la voce. I clienti avevano cominciato ad assembrarsi attorno a noi, cedendo alla curiosità morbosa anche se non volevano. Oddio, una piccola diva da scuola privata con la puzza sotto il naso che veniva sgridata in un luogo di culto dello shopping di New York? Probabilmente era la cosa più emozionante della giornata di quelle casalinghe trofeo vestite in tuta activewear.

«Signorina Lodge, sta dando spettacolo.»

«*Io* starei dando spettacolo? Mi state trattando come una... una... be', di certo non come la cliente fedele che sono! Non avete ancora visto *niente* dello spettacolo che sono capace di dare, fidatevi. Tutto ciò è ingiustificabile.»

«Sono d'accordo» rispose calma la responsabile. I capelli lisci, morbidi e luminosi le cadevano oltre le spalle. Indossava abiti immacolati e un trucco appena visibile, ma realizzato con maestria. Tutto in lei gridava "superiorità" e "compostezza".

Mentre io mi ero lasciata andare.

Dovevo riprendere il controllo della situazione.

«Dev'essere tutto un equivoco» dissi, cercando di tornare sui miei passi. Non avevo ancora ben capito cosa fosse successo o perché, ma più di ogni altra cosa volevo che la situazione si sgonfiasse, e in fretta.

«Ne sono certa» concordò la responsabile. «Può spiegare tutto ai responsabili della sicurezza. L'accompagneranno in uno dei nostri uffici, dove potrete parlare in privato.»

«Responsabili della sicurezza? Cosa?» La stanza cominciò a girare e mi sentii un ronzio nelle orecchie. All'improvviso mi resi conto che stavo facendo respiri rapidi e superficiali, come minuscoli sorsi d'acqua. Che fosse ansia? Immagino che uno dei vantaggi dell'essere una Lodge fosse che non mi era mai capitato di provarla prima. La stanza prese ad annebbiarsi. Notai che alcuni dei curiosoni che si erano radunati intorno a noi avevano tirato su i cellulari per registrare ogni istante di quell'umiliazione.

«Li ho già chiamati» disse lei, e mi accorsi che era proprio così; c'erano due uomini muscolosi dall'aria discreta vestiti tutti di nero, con gli auricolari a incorniciare la mascella robusta. Mi fu subito chiaro che quei tizi *non* avevano voglia di scherzare.

«Non capisco» dissi, con una vocina che suonò lontanissima. «Cosa... Com'è successo?» Quel giorno ero entrata da Barneys come tutte le altre volte; dove avevo sbagliato? Gli occhi mi si riempirono di lacrime roventi. Come avrei fatto a spiegare ai miei genitori che mi avevano interrogata come una comune ladruncola?

E come avrei fatto a tirarmene fuori, da tutto quanto?

Perché all'improvviso una cosa era diventata chiarissima: qualsiasi potere avessi pensato di avere là dentro, qualsiasi prestigio, era svanito. Da tempo. E a giudicare dai due quarterback che formavano una barriera davanti a me, pareva improbabile che il prestigio tornasse in fretta.

«Io... verrò con voi» balbettai riluttante. «Per parlare. Ma devo contattare immediatamente mio padre e il suo avvocato.»

Il più basso dei due fece un passo avanti e mi piazzò una mano salda sul gomito. Non fu violento, ma di sicuro neanche delicato. «Come si permette?» dissi, ma con molto meno veleno del mio solito.

«Faremo del nostro meglio per contattare suo padre e il suo avvocato, signorina Lodge» disse dolcemente Tamsin. «Devo avvisarla, però: probabilmente entrambi sono già molto occupati in questo momento.»

«Che ne sa lei dell'avvocato di mio padre?»

Sul serio, che diavolo ne sapeva?

«Signorina Lodge... be', immagino che non abbia ancora visto il "Post" oggi. Online. Hanno pubblicato la notifica su "Page Six".»

Prima che potessi rispondere, le guardie mi scortarono oltre il cerchio crescente di fotocamere da cellulare e lungo un corridoio infinito; il mio sguardo correva dritto verso la doppia porta in fondo mentre i pensieri mi sfrecciavano nella mente.

Per tutta la vita avevo percepito qualcosa, una sorta di consapevolezza segreta di cosa significava essere una principessa viziata e coccolata; la sensazione costante che da qualche parte ci fosse una spada di Damocle che un giorno in qualche modo mi sarebbe crollata addosso. Un momento di presa di coscienza, anche se non sapevo bene di *cosa*.

Che quel momento fosse finalmente arrivato?

"La maggior parte dei re viene decapitata." Quella frase veniva da un'opera di Basquiat che avevo visto a una retrospettiva al Whitney la primavera precedente. All'epoca mi era sembrata sovversiva, estrosa. Ma adesso, con la possibilità che papà non potesse aiutarmi, mi parve decisamente profetica.

Anche le principesse potevano essere decapitate.

"Più grandi sono, più forte cadono." Era un altro modo di dire, no? Forse una canzone rap che avevo ballato al club 1 Oak al primo anno delle superiori?

Le doppie porte si aprirono con un singhiozzo pneumatico, e poi la mia mente si spense per un po'.

BREAKING NEWS DA *TMZ*:

➔ CLICCATE QUI ←

per un VIDEO ESCLUSIVO della "Uptown girl" VERONICA LODGE trascinata via dalla security di Barneys! Cosa direbbe il suo paparino? O forse è troppo preso dagli scandali che lo riguardano?

SONDAGGIO:
Veronica Lodge merita che le facciano abbassare la cresta? S/N

- ○ Sì, quella stronza deve scendere dal piedistallo! **81%**
- ○ NO, il male attira il male, quindi preferisco tenermi le mie energie pulite, grazie mille. **15%**
- ○ CHI È VERONICA LODGE E PERCHÉ DOVREBBE FREGARMENE QUALCOSA? **4%**

16

ARCHIE

Un modo sicuro di smontare qualsiasi idea che mio padre mi riservasse un trattamento preferenziale al lavoro era essere il tuttofare dell'intera squadra, praticamente poco più che un galoppino. Non che mi dispiacesse, perché significava fare una pausa dal gettare cemento, e in genere papà mi lasciava usare il furgone per le commissioni veloci. Forse non era proprio legale al cento per cento, ma nessuno avrebbe creato problemi a Fred Andrews per una cosa del genere. Lo sceriffo Keller e mio padre andavano a bere insieme, che cavolo. E poi io stavo attentissimo alla guida. Era la mia descrizione perfetta: Archie Andrews, Cittadino Modello. A volte mi chiedevo se me l'avrebbero inciso sulla lapide.

Non c'era da stupirsi che fossi in cerca di un po' di vita, di qualcosa di nuovo, quando era spuntata Geraldine che mi aveva fatto scoprire un lato creativo del mio carattere, di cui non sospettavo nemmeno l'esistenza.

Incredibilmente, stavamo finendo i rotoli di isolante in fibra di vetro. Era proprio strano che mio padre rimanesse sprovvisto di qualcosa, non faceva che comprovare la mia teoria che avesse tanti pensieri per la testa quanti ne avevo io, se non di più. Lenny mi diede un foglio con le specifiche tecniche e io partii. «Non perdere tempo» mi avvertì lui, come se gironzolare per il negozio di ferramenta sulla strada principale fosse la mia idea di un party.

«Farò in fretta» promisi. E dicevo sul serio.

Guidare fino in città mi ricordò della prima volta che avevo incrociato Geraldine… be', all'epoca per me era ancora la signorina Grundy. Intendo la prima volta in cui eravamo stati una donna e un ragazzo, invece che un'insegnante e uno studente. Io camminavo sulla corsia d'emergenza, con il sole estivo che mi arrostiva attraverso la canottiera. Lei aveva accostato con il suo delizioso Maggiolone che diceva molto più della sua personalità di quanto avrei potuto immaginare basandomi solo sulle lezioni di musica. Quegli occhiali da sole a forma di cuore la facevano sembrare meno un'insegnante e più qualcuno che io… be', qualcuno di adatto a me.

Ed era così, ma non del tutto.

Erano passate solo poche settimane da quel giorno fatidico, ma ogni cosa – ogni cosa! – mi pareva diversa.

Per la maggior parte erano differenze positive.

No – in realtà erano *fantastiche*.

Come aveva previsto Lenny, non ci misi molto a trovare l'isolante che mi serviva al negozio di ferramenta. Ne presi il doppio di quello che mi aveva detto papà, giusto per stare sul sicuro. Ero felice di essere un cliente facile da servire; là dentro c'era anche Dilton Doiley in divisa da scout che cercava di convincere il commesso a vendergli dei proiettili per la sua pistola ad aria compressa. Il commesso non cedette nemmeno quando Dilton sfoderò "una nota firmata dal padre", come se fossimo stati alle elementari o roba del genere. Solo che le uniche armi con cui giocavo alle elementari erano pistole ad acqua, e per quelle non serviva mai un permesso speciale.

«È una dotazione normale per gli scout» disse Dilton, con la mascella così tesa che pensai gli sarebbe esplosa la testa.

«Allora torna con un vero capo scout. Uno che abbia più di diciotto anni» rispose il commesso, stroncando i tentativi di protesta di Dilton.

«La radura vicino a Striker's Cove è perfettamente sicura» proseguì il commesso. «Il pericolo maggiore da quelle parti è affogare. Ma questo lo saprai, dato che sei un vero scout.»

Dilton lo fulminò con lo sguardo, ma non disse nulla.

«Non dovreste avere bisogno di armi. Gli orsi staranno lontani se sapete come disporre le cibarie.»

«Certo che lo so.»

«Bene, allora. Non hai nulla di cui preoccuparti» sentenziò il commesso. «Se ti porti un'arma, è più probabile che tu finisca per ferire te stesso o uno dei tuoi ragazzi. Non dovrei essere io a dirtelo, figliolo.»

«Grazie per la lezione» borbottò Dilton. Si infilò il portafoglio nella tasca posteriore. «Mi ricordi di non perdere più tempo con questo negozio. Posso trovare altri posti dove ottenere quello che mi serve.» Se ne andò infuriato.

«Spero proprio di no!» commentò allegramente il commesso. A me disse: «Quel ragazzo è troppo nervoso. Un altro motivo per cui non dovrebbe avere un'arma».

«Già» dissi, senza prendere posizione: non volevo immischiarmi. Dilton Doiley e i suoi scout non erano un mio problema, se non per il fatto che, a quanto pareva, quella notte si sarebbero accampati vicino a Striker's Cove.

Il che significava che io e Geraldine avremmo dovuto trovare una radura abbastanza lontana da loro, in modo da non rischiare che ci vedessero.

Non era un problema irrisolvibile, ma era un'altra cosa su cui riflettere, e non pensavo ad altro che a quello quando uscii dal negozio, facendo al commesso un cenno di saluto sufficiente a non farmi sembrare maleducato.

Ero così perso nei miei pensieri che andai a sbattere contro Valerie Brown, una delle tre Pussycats. Era piuttosto preoccupata anche lei, curva sul telefono, con gli occhi stretti.

«Oddio» dissi, tirandomi indietro più in fretta che potei. «Scusami, non volevo piombarti addosso.»

«Cosa? No, colpa mia» disse lei con una voce dolce. Aveva gli occhi color nocciola che cambiavano colore mentre il sole le giocherellava sul viso. «Mandare messaggi mentre si cammina è una pessima idea. Non ho abbastanza coordinazione per riuscirci.»

«Che succede? Sembravi... molto seria» dissi. «Cioè, non che voglia farmi i fatti tuoi.» Non conoscevo tanto bene Val, ma provavo un enorme rispetto per le sue doti musicali, ancora di più adesso che stavo cominciando a suonare anch'io. O almeno ci provavo.

Lei scrollò le spalle. «Stupidaggini. Drammi della band. O

forse nemmeno quello, non so. Stiamo solo assemblando la set list e organizzandoci per stasera...»

«Aspetta, non andate tutte a casa presto a bere, tipo, tè al limone la sera prima di un concerto importante, così siete fresche e riposate?»

Val scoppiò a ridere. «Questo non è *assolutamente* lo stile delle Pussycats. Ci piace ruggire... sai, "tirare fuori gli artigli". È il modo migliore che conosca per scacciare l'ansia pre-concerto.»

«Meglio del grande classico, cioè immaginare il pubblico in mutande?»

Mi guardò strano. «Archie, non credo che lo faccia nessuno.» E probabilmente aveva ragione, ma ci fu un momento imbarazzante in cui sono abbastanza sicuro che entrambi ci fossimo immaginati in mutande, anche se non volevamo *davvero* farlo.

«Aspetta un attimo» cominciò a dire lei, e io per poco non presi a scusarmi per quel pensiero involontario, ma prima che potessi farlo, Val indicò quello che aveva attirato la sua attenzione. «Che strano.»

Mi ci volle un secondo per capire cosa stava indicando, perché si trattava di due persone a un isolato di distanza, per metà nascoste da una grossa quercia.

«Quello non è... tipo, il padre di Jughead? È un Serpent, vero?» chiese Val.

«F.P. non è un Serpent» la corressi. «Cioè, okay, tecnicamente sì, ma solo di nome. Ha passato un brutto periodo, ma si è dato una ripulita. Adesso lavora per mio padre, sai.»

Val mi guardò. «Archie» sottolineò, «se F.P. Jones lavora per tuo padre, allora perché non sta... *lavorando per tuo padre*?»

«Io...» Non sapevo cosa dire. La conversazione che io e papà avevamo avuto a pranzo mi tornò in mente come la voce narrante di un film sdolcinato: papà era felice che stessi a dormire da Jughead perché... non aveva mai spiegato perché.

Non l'aveva fatto perché non voleva ammettere quello che era successo in realtà fra lui e F.P. Non voleva ammettere che F.P. *non* aveva smesso di bere e non si era allontanato dai Serpents come aveva fatto credere a Jughead.

«Sono un idiota» dissi, sentendomi di colpo travolto dall'enorme peso di quella faccenda.

Val mi posò una mano sul braccio. La sua pelle era incredibilmente morbida. «Non sei un idiota. È solo che preferisci dare alla gente il beneficio del dubbio. Sinceramente penso che sia una bella cosa. Ed è raro, di questi tempi.»

Rimasi colpito dalla sua gentilezza, dalle cose carine che diceva su di me. Tutti sanno che le Pussycats sono fortissime, piene di talento e fantastiche, ma non mi ero mai fermato un attimo a *notare* sul serio Val.

Adesso non potevo farne a meno. Era proprio lì. Ed era... bello.

«Credi che Jug sappia di suo padre?» domandò lei.

Scossi la testa. «Ne dubito.» E ne dubitavo *sul serio*, ma non potevo esserne certo. Perché non passavamo più del tempo insieme. Per via di Geraldine.

E alla fine era tutto per quel motivo, no? Geraldine. Val era lì con me. F.P. era laggiù. E Jughead era in giro, da qualche parte, e probabilmente aveva bisogno di un amico. Ma io avevo... altri piani. E anche se adoravo considerarmi un bravo ragazzo, quei piani erano la mia priorità.

Il cellulare di Val vibrò di nuovo, interrompendo il momentaneo incantesimo che ci aveva rapiti. Lei diede un'occhiata allo schermo, poi sospirò. «Non si può dire che Reggie Mantle non sia tenace» borbottò.

Pensai ai messaggi che Reggie mi aveva mandato quello stesso giorno. «Quello sì che è un eufemismo.» Risi.

«Vuole che facciamo un concerto a New York» spiegò lei. «Domani, tipo dopo quello al municipio.»

«Cosa? Ma è fantastico!» Non riuscii a trattenermi: allungai le braccia e le presi le spalle. «Dovete assolutamente farlo! New York... il sogno di tutti i musicisti!»

«Lo so. Ma non credo che sia il sogno di Josie.» Scrollò le spalle. «Problemi con il padre.»

Il padre di Josie era un famoso musicista jazz che dominava la scena musicale di *downtown* New York con la sua bravura. Ci si sarebbe aspettati che a Josie venisse ancora *più* voglia di mostrare quanto valeva da quelle parti.

Ma intanto c'era F.P. che mentiva a Jughead su come passava le sue giornate. E mio padre che teneva segreta la verità sul suo rapporto con F.P. Tutti abbiamo problemi con i nostri genitori, immagino. Nessuno sa cosa succede agli altri, in realtà. Non ero certo nella posizione di commentare le decisioni di Josie.

Presi Val per un polso e la guardai negli occhi. «Be'» dissi, «spero che vada in porto. Comunque siete bravissime, non sarà l'unica occasione.»

Lei batté le palpebre. Aveva le sopracciglia folte come quelle di un'eroina degli *anime*. «Grazie, Andrews. Sei gentile a dirlo. Spero che tu venga al concerto domani.»

«Certo» risposi automaticamente. Poi mi ricordai dei miei piani con Geraldine. Non sapevo esattamente quanto sarebbe durato il nostro appuntamento. Sapevo solo che non sarei certo stato io a interromperlo. «Ci provo sul serio.»

Ci provo. Cominciava a essere il mio nuovo mantra. Ma era abbastanza?

Da: HLodge@LodgeIndustries.net
A: Fred@AndrewsConstruction.com
Oggetto: Vecchi amici

Ciao Fred,

immagino che sia un cliché esordire con "Sono secoli che non ci sentiamo", ma cos'altro si può dire quando questa è la verità? In ogni caso, spero che tu stia bene e che sia comunque felice di ricevere mie notizie nonostante il nostro… be', passato burrascoso.

Vorrei poter dire che è soltanto un saluto – ti sento già commentare che noi Lodge abbiamo sempre un secondo fine. E in questo caso purtroppo è vero. Sai, potrei tornare al paesello, e anche presto. Molto presto, se bisogna credere alle voci che girano fra l'élite di Manhattan. (Le voci ci sono sempre; è la veridicità dei mormorii che va soppesata con cautela.)

Si tratta di Hiram, come hai sempre sospettato. Immagino che non sia stato sempre attento come diceva di essere. E sì, ti concedo di dirmi "Te l'avevo detto", se prometti di non gongolare troppo.

Non occorre che dica che Hiram starà via per un po'. Probabilmente non serve che dica altro, giusto? In quel caso, ci sono buone possibilità che mi ritrovi nelle mie care, vecchie terre – le *nostre* terre. Riverdale. Sono certa che hai qualche idea in proposito.

Potrei elencarti tante cose che mi serviranno: un lavoro, una fonte di reddito, dei ragazzi dell'età di mia figlia che le facciano conoscere la Riverdale High. (Anche se, a essere sincera, probabilmente lei finirà per avere il controllo della scuola in meno di una settimana, chi voglio prendere in giro?) E si può dire che, per quanto indirettamente, ti sto chiedendo tutte queste cose.

Ma più di tutto, quello che vorrei – anche se non la merito affatto – è la tua amicizia. Spero che dopo tutto questo tempo, dopo tutto quello che è successo…Be', spero che non sia chiedere troppo.

Con affetto,
Hermione

CANCELLA

Parte III

SERA

17

BETTY

Caro Diario,

finalmente, *finalmente* Cleo e Rebecca se ne andarono a casa. Avevo sempre pensato che le 17 segnassero la fine della giornata lavorativa. Ma il giro di news di un blog non si ferma mai davvero, quindi, che tu ci creda o no, per loro era abbastanza presto. Rebecca doveva aver pensato che fossi pazza a restare lì, o forse lei e Cleo credevano che mi stessi impegnando per dimostrare qualcosa.

«È *festa*, Betty» disse Rebecca, come se non avesse appena passato l'intero pomeriggio a pubblicare articoli sugli smalti di tendenza e sulle ultime novità nella decorazione di interni, come se fosse stato un qualsiasi altro giorno della settimana. «E quando ho detto che avrei dimenticato la faccenda dell'armadio e ti avrei dato un'altra chance, dicevo sul serio. Non devi restare qui tutta la sera per dimostrarmi qualcosa.»

«Grazie» risposi, provando una strana combinazione di gratitudine per il fatto che non fosse arrabbiata e di furia perché qualcuno mi aveva comunque incastrata.

«Che c'è, non hai impegni?» chiese Cleo in un tono di finta preoccupazione. Come se fosse stata sicura che non ne avevo e volesse essere certa che lo scoprisse anche Rebecca. La povera, triste, sfigata Betty che veniva dal minuscolo paesello di Riverdale e non aveva amici fighi a Los Angeles.

Doveva essere stata *lei* a incastrarmi. Non c'era dubbio. Ma non era più un problema, perché l'avrei dimostrato.

Feci un sorrisino compiaciuto a Cleo. «Ho un impegno a cena» dissi a entrambe «ma anche il mio ragazzo sta finendo di lavorare. Arriverà presto. Non c'è problema, andate pure. Ci penso io a chiudere.» Cleo probabilmente pensò che mi fossi inventata l'appuntamento. La cosa continuava a non importarmi.

«Grazie, Betty. Mi spiace che quella Lodge fosse così difficile da rintracciare. Ho apprezzato molto il post che hai preparato.» Almeno finalmente sembrava che fossi entrata nelle grazie di Rebecca, nonostante il disastro di quel giorno.

«Figurati, sono sempre a disposizione.» Feci un cenno di saluto a entrambe. «Passate un buon quattro luglio!»

«Anche tu» rispose Rebecca, mentre Cleo mi rivolse un mormorio meno esplicito dall'alto delle sue zeppe Charlotte Olympia. (Visto? La Betty di L.A. stava imparando *qualcosa*.)

Quando se ne andarono, impostai il timer del cellulare perché mi avvisasse dopo dieci minuti. Mi pareva un margine sufficientemente sicuro. Mentre i numeri scendevano, camminai avanti e indietro per l'ufficio, fermandomi a caso a raddrizzare un libro su una mensola organizzata per colore o a sistemare meglio le riviste esposte.

Contai le mele verdi nella fruttiera in cucina (sei) e anche quelle rosse (tre), poi dedicai qualche minuto a cercare di capire se fosse la tipica proporzione dell'ufficio o se semplicemente la gente preferisse le rosse alle verdi. Infine passai qualche altro minuto a chiedermi perché stessi perdendo il mio tempo a ragionare su una cosa del genere.

Quando finalmente il timer trillò, fu come se mi esplodesse una bomba nello stomaco. E lo dico in senso buono, che tu ci creda o no. Feci un salto e spensi il timer in modo che nell'ufficio ci fosse il silenzio più totale. Sentivo soltanto il suono del mio stesso respiro.

Tutti quegli anni passati a leggere le storie di Nancy Drew come se si fosse trattato di libri di testo non sarebbero andati sprecati. Certo, non ero riuscita a sbirciare nel cellulare di Cleo. Lo custodiva più gelosamente di quanto la maggior parte della gente faccia con i documenti. Ma prima, mentre scattavo le foto alla sua scrivania, avevo immortalato una cosa, quasi involontariamente...

Il suo badge da dipendente.

In quel momento mi era sembrato praticamente inutile. Bene, cosa potevo farci, far risultare che fosse entrata e uscita dall'ufficio? Quello sarebbe stato utile se avessi voluto cercare di incastrarla per qualcosa, ma (almeno per il momento) il mio piano non era quello.

Fu solo alla mia scrivania, una mezz'oretta dopo, che mi resi conto di un altro possibile uso del badge, uno molto più utile.

«Ricordarti di effettuare il logout prima di andare» mi aveva detto Rebecca, osservandomi mentre digitavo a spron battuto, e inutilmente, quella storia-non-storia su Veronica Lodge. «Altrimenti non potrai loggarti da remoto e finire l'articolo più tardi, se ce ne sarà bisogno.»

«Certo.» Avevo risposto distratta, in pilota automatico, ancora concentrata sul tentativo di creare dal nulla un profilo d'effetto.

Ma poi mi ero resa conto della vera portata delle sue parole: il nostro ufficio comprendeva principalmente collaboratori freelance o ad interim, nonché stagisti, tutte persone di passaggio che non avevano un proprio spazio fisso nella redazione. Al contrario di Rebecca, che ovviamente aveva il suo ufficio personale, noi praticamente eravamo costretti a fare il gioco delle sedie musicali con le varie scrivanie "fluttuanti" sparse nell'open space. Ciò significava che, per garantire la sicurezza dei nostri dati, ognuno di noi doveva effettuare il login nello specifico computer che intendeva usare.

E la password per il login era stampata sul badge da dipendenti. Avevo il badge di Cleo, perciò avevo accesso a tutta la sua storia online su "Hello Giggles".

Rispettoso? Non tanto. Ma le avrei restituito pan per focaccia.

Controllai il cellulare: 17:20. Brad sarebbe arrivato presto, ma potevo fare in fretta. Mi bastò premere qualche tasto per loggarmi nell'account di Cleo. HELLO, mi accolse il suo schermo.

(A ben pensarci, era il saluto più gentile che avessi ricevuto da quando avevo cominciato il tirocinio a "Hello Giggles". Che tristezza.)

I suoi file erano un caos totale, un miscuglio di idee per delle storie e di proposte mezze abbozzate che, come sapevo per aver partecipato alle riunioni editoriali, non aveva mai nemmeno tirato fuori. Il suo desktop dipingeva un'immagine diversa dalla ragazza elegante e composta che pensavo fosse. Questa Cleo era un'aspirante redattrice frustrata, bloccata dietro il bancone della reception così come io ero bloccata fra gli incarichi di archiviazione.

In realtà, in un altro universo saremmo dovute essere amiche. Potevamo allearci e sostenerci a vicenda. Ma con certa gente non funziona così. Se quello fosse stato un reality show, Cleo sarebbe stata la concorrente che diceva che non era venuta lì per farsi degli amici.

Andava benissimo. Non se n'era fatti, tanto peggio per lei.

Se i suoi documenti mi dicevano che era una redattrice frustrata, le sue mail mi mostravano un'aspirante arrampicatrice sociale che non riusciva a trovare un appiglio. Un sacco di scambi di mail con Rebecca su un imminente evento con... Toni Morrison!

Cleo aveva delle buone idee per l'evento: conosceva un servizio catering che ci avrebbe fatto un buon prezzo, si era messa in contatto con la location ed era stata super professionale con l'editore e il PR di Toni Morrison. Detestavo doverlo ammettere, ma si stava occupando dell'organizzazione da vera professionista.

(Cioè, detestavo *davvero* doverlo ammettere. Quell'incarico avrebbe dovuto essere mio.)

Ma poi, sepolto sotto dieci mail in una conversazione fra diversi membri senior dello staff, lo vidi:

Betty Cooper come assistente in loco della signora Morrison?

Scritto da Rebecca in persona. Strizzai gli occhi e rilessi la frase altre tre volte; una a voce alta, già che c'ero.

A quanto pareva, Rebecca mi aveva già notata, anche se non aveva lasciato trapelare nulla fino a quel giorno. Aveva visto che ero interessatissima al processo editoriale... E aveva notato che avevo quasi sempre un romanzo di Toni Morrison sotto il braccio.

"Un punto per la Pollyanna della porta accanto arrivata dal paesello" pensai soddisfatta.

Be', adesso sapevo perché Cleo ce l'aveva tanto con me. Peccato per lei. Per certi versi, la compativo (ma non *così* tanto, visto che era stata così antipatica con me per tutto il giorno per qualcosa con cui non avevo niente a che fare. Sono Betty Cooper, Dolce Ragazza della Porta Accanto, non Betty Cooper,

Santa Martire). Cleo era vergognosa, certo, ma era difficile restare arrabbiata con lei quando all'improvviso avevo scoperto che avrei avuto la mia più grande occasione fino a quel momento... e l'opportunità di lavorare con il mio idolo letterario!

Feci il logout dall'account di Cleo e tirai fuori il cellulare per mandare un messaggio a Polly. Sapevo che sarebbe stata felicissima per me. Ma prima che potessi tirar fuori le parole, suonarono alla porta principale. Era arrivato Brad. Attraverso la porta a vetri notai che aveva in mano un mazzo di peonie, i miei fiori preferiti. Nel vederlo feci un sorrisone enorme. La Betty di L.A. oggi stava veramente dando il meglio di sé.

Decisi che Polly poteva aspettare qualche altro minuto.

Feci entrare Brad e d'istinto gli diedi un abbraccio gigante, ancora un po' inebriata dalla scoperta su Toni Morrison. Lui non protestò, ma si staccò dopo un minuto, ridendo. «Stai passando una bella giornata?» chiese.

«La *migliore* possibile» gli assicurai. Poi mi corressi. «Be', non proprio la migliore in assoluto. Ci sono stati dei momentacci. Ma tutto è bene quel che finisce bene. E sta finendo benissimo.» Gli lanciai un'occhiata di apprezzamento.

«Mi piace come suona» rispose lui. «Allora, che succede?»

Lo presi per un polso e lo portai alla scrivania dove avevo lavorato tutto il giorno. «Be', lo sai che desideravo da morire scrivere qualcosa.»

«Lo so. Ma non da morire letteralmente.»

Alzai un sopracciglio. «Non serve correggere una professionista sull'uso corretto di "letterale" e "figurato".»

«Hai usato la parola "letteralmente" in senso figurato» scherzò lui; mi fece un sorriso così scemo che mi misi a ridere e lo baciai. «Mi piace la Betty delle Buone Giornate» disse lui, ricambiando il bacio.

«Okay, bene. *Comunque*, assolutamente per caso, oggi ho trovato Rebecca che studiava dei campioni di decorazioni da parete; ho parlato un po' con lei e lei mi ha offerto l'opportunità di scriverci un articolo.»

«Carta da parati rimovibile?» ipotizzò lui.

«Circa. Comunque sei così L.A. che sai perfino di cosa si tratta.»

«Lo prendo come un complimento. Comunque fammi vedere il pezzo.»

«No! Cioè, sì, lo farò, ma il punto è: chi se ne frega di uno stupido articoletto sulle tendenze nella decorazione degli interni? Perché dopo che l'ho scritto, Rebecca mi ha assegnato un incarico più grosso: un profilo vero e proprio.»

«Wow! Su chi?»

Feci una smorfia. «Una qualche principessina dell'alta società newyorkese di nome Veronica Lodge. Sinceramente non l'avevo neanche mai sentita nominare.»

Brad sollevò le sopracciglia. «Veronica Lodge? Non è tipo la migliore amica di Zendaya o roba del genere? Non sono andate a fare immersioni a Tulum durante lo *spring break*?»

Lo squadrai. «Ti riconfermi estremamente L.A. Ma ammetto che sono contenta che il nome ti dica qualcosa. Cioè, è un pezzo che non dice nulla, puro gossip, ma...»

«Ma è proprio il gossip vuoto che la gente legge» finì lui.

«Esatto!»

«Allora, posso vederlo?»

«Sì. Ma devi promettere di essere gentile.»

«Quando mai non lo sono?» mi fece notare lui.

«Vero.» Mi mordicchiai il labbro. «Sono solo nervosa perché... non solo questo è il mio primo vero articolo, ma è stato anche difficile da scrivere. È impossibile arrivare a Veronica. Quindi praticamente ho dovuto assemblare informazioni prese qua e là.»

«Sono sicuro che il tuo patchwork sarà fantastico» disse Brad, prendendo una sedia e sistemandosi davanti al monitor. «Ora basta parlare, è il momento di leggere.»

«Oddio.» Ebbi un brivido. «Okay.» Mi loggai nel sistema ed entrai nel database degli articoli archiviati. *Tap, tap, tap*.

Mi si chiuse lo stomaco. Il cuore mi sprofondò. La gola mi si seccò.

«Qual è, Betty?» chiese Brad, confuso ma pieno di entusiasmo.

Il sangue mi risalì nelle orecchie come un'onda che si infrange a riva.

«Betty?» chiese di nuovo Brad, adesso meno convinto.

Parlai in tono basso e teso: rabbia pura e controllata. «Non c'è» dissi. Strinsi forte i pugni, ignorando il dolore della pelle dei palmi che si lacerava.

Brad si raddrizzò sulla sedia. «No, è impossibile. Certo che c'è. Dove potrebbe essere finito?»

Chiusi gli occhi. «È stato cancellato.»

«*Cosa?* Perché? Da chi?» Brad si piegò così tanto in avanti che il suo naso praticamente toccava il monitor, come se lui potesse far riapparire il file con la sola forza di volontà. «Ma è... Betty, è una roba folle. Sei *sicura* che sia scomparso?»

Per tutta risposta, mi chinai sulla tastiera ed espansi il database per mostrare tutti i file. Digitai con forza la chiave di ricerca per il mio articolo.

Nessun risultato, ovviamente.

«Chi potrebbe essere stato?» chiese Brad, spiazzato.

Lo ignorai, con il cuore che mi rimbombava sempre più forte mentre controllavo fra i miei file personali, cercando disperatamente una copia di backup dell'articolo.

Ovviamente non esisteva.

Ovviamente ero stata così stupidamente emozionata all'idea di pubblicare il mio primo articolo che avevo cancellato l'originale nell'attimo in cui il file era stato salvato online. Non avevo calcolato che *la mia maledetta collega potesse sabotarmi*.

Mi sfuggì un urlo che mi tenevo dentro da troppo; sbattei i pugni sulla scrivania. Brad trasalì, ma non mi importava. La rabbia, l'oscurità... erano giustificate, e per giunta erano una parte di me. Forse era meglio che Brad le vedesse subito, meglio prima che poi. Se fosse scappato, amen. Tanto stava già andando in pezzi tutto il resto.

Quanti minuti erano passati da quando era entrato in ufficio con quelle peonie? Da quando avevo pensato che fosse uno dei giorni più belli che avevo passato a L.A.? Meno di venti, anzi, meno di quindici. La situazione si era completamente ribaltata.

Brad mi posò una mano sul braccio. Era un tocco delicato, ma mi fece sentire come un cavallo irrequieto che lui tentava cautamente di calmare. «È tutto a posto, Betty» disse. «È uno schifo, qualunque cosa sia successa...»

«L'articolo. È stato. Cancellato.»

«Qualunque cosa sia successa» ripeté lui «sei una professionista. Puoi risolvere il problema. Puoi riscriverlo. Le parole sono ancora lì – dopotutto sono uscite dal tuo cervello.» Mi diede un colpetto sulla fronte, cercando di essere gentile, ma io mi ritrassi.

«Ancora lì? Cioè, magari! Ma non hai idea di quanto sia stato difficile mettere insieme l'articolo la prima volta! È tutto il giorno che inseguo quella ragazza! E che tu voglia crederci o no, qualcuno dell'ufficio mi ha sabotata. Quindi non solo il pezzo è scomparso, ma ho scoperto di avere una… cosa? Un'*acerrima nemica*? Dove siamo, in un fumetto o in una storia di supereroi?»

«Guarda il lato positivo» ribatté lui. Si stava impegnando un sacco! «Il lato positivo è che devi essere una supereroina potentissima per avere una nemica così malvagia.»

Sospirai e incrociai le braccia sul petto. «È tiratissimo, come lato positivo.» Mi lasciai cadere sulla sedia di fianco e la ruotai per guardarlo in faccia.

«E se rimandassimo la cena? Così potrei riscrivere l'articolo. È solo che… è un'opportunità enorme e non voglio proprio deludere Rebecca.» Non bisognava dimenticare l'evento con Toni Morrison, fra le altre cose.

«Possiamo trasformarla in una cena di lavoro» propose lui. «Ordino la pizza per entrambi.»

Quasi mi sciolsi per la sua dolcezza. «E tu te ne starai lì senza far niente mentre io scrivo? Non ti divertirai molto.»

Sollevò il cellulare. «Ho il gioco Two Dots. E Netflix. Sono a posto.»

Posai la fronte sulla sua. «Sei *davvero* fantastico. Il migliore. E mi farò perdonare.»

Mosse un sopracciglio su e giù, prendendomi in giro. «Mi piace come suona.»

«Non essere volgare.» Agitai un dito. «Be', magari *un po'* allusivo va bene.» In fondo era in gara come Miglior Cavaliere di Sempre.

Era abbastanza per farmi dimenticare un certo vicino dai capelli rossi a circa quattromilacinquecento chilometri di distanza.

(O forse quel solo pensiero significava che *non* me l'ero dimenticato? Vabbè, non avevo intenzione di andare a incastrarmi nella tana del Bianconiglio.)

Mi vibrò il telefono. Lanciai un'occhiata al messaggio in arrivo.

E subito mi sentii di nuovo gelare il sangue nelle vene.

Un altro *contrordine*. Si vede che era il tipo di giornata in cui la situazione poteva ribaltarsi ogni cinque secondi. In un batter d'occhio, in un baleno.

«Betty? Stai di nuovo facendo la faccia da Hulk. Che succede?»

Mi girai verso Brad, impietrita. «Era Rebecca» gli dissi, cercando di mantenere un tono normale. «Non c'è bisogno che riscriva l'articolo. Alla fine possiamo andare fuori a cena.»

Lui piegò la testa incuriosito. «Ma a quanto pare non è la bella notizia che sembrerebbe.»

«Non c'è bisogno che lo riscriva» spiegai, talmente calma e trattenuta che mi tremava tutto dentro, «perché l'hanno annullato. Non lo pubblicheranno. Alla fine non vogliono più un pezzo su Veronica Lodge in questo momento. È stato scavalcato da qualcosa di più grosso.»

Qualcosa di più grosso che non avrei scritto *io*.

«Oh, cavoli. Betty, è un vero peccato» disse Brad. Allungò un braccio per consolarmi. «Ma c'è comunque un lato positivo: hai scritto quel pezzo, sai, sulla carta da parati, e la tua capa sta cominciando a vederti come una che sa scrivere…»

«NON TIRARE FUORI IL LATO POSITIVO!» gridai, un urlo profondo e primordiale, talmente forte che mi spaventai io stessa.

Brad mi lanciò un'occhiata sbalordita e si ritrasse un po'. La cosa mi fece solo infuriare ulteriormente.

«*'fanculo!*» Sbattei di nuovo i pugni sulla scrivania e sentii che il cellulare mi si rompeva in mano. «Merda!» Lanciai il telefono dall'altra parte della stanza più forte che potei e lo guardai colpire la finestra e rimbalzare a terra.

«Betty.» Brad mi parlò di nuovo con dolcezza. Mi prese la mano, quella con cui avevo lanciato il telefono. «Stai sanguinando.»

Abbassai lo sguardo. Era vero, c'erano rivoli scarlatti che disegnavano delle mappe sul mio palmo e colavano sullo schermo con schizzi macabri.

«C'è un kit di pronto soccorso nella sala relax» dissi, come anestetizzata.

Brad sembrò dubbioso. «Sei sicura? Potresti aver bisogno di un paio di punti. Magari dovremmo andare all'ospedale per sicurezza.»

«Sto *bene*.» Dovevo essere stata abbastanza convincente perché non insistette. Si alzò, presumibilmente per andare a prendere il kit di pronto soccorso. Ma prima raccolse il mio cellulare, che era atterrato dall'altra parte della stanza.

«C'è un altro messaggio» disse, guardando lo schermo. «Tua sorella. Vuoi… che te lo legga?»

«Non importa» risposi, troppo esausta per pensarci. «È tutto il giorno che cerchiamo di sentirci senza riuscirci. La chiamo domani e basta.»

Quel giorno era stato un susseguirsi di vertiginosi alti e bassi, i drammi più ridicoli che potessi mai immaginare. Perciò qualunque cosa mi avesse scritto Polly poteva aspettare.

Di qualunque cosa si trattasse, di sicuro poteva aspettare fino al giorno dopo.

C Blossom:

Il ragazzo non collabora. Devi portare Jason al Whyte Wyrm stasera.

[Numero sconosciuto]:

Posso farlo... ma costerà un po' di più.

C Blossom:

Il tuo compenso è mai stato un problema? Fallo e basta.

***

[Numero sconosciuto]:

Ho un ultimo pacchetto per te. Vediamoci al Whyte Wyrm fra 30 min.

Jason:

Prima consegna fatta, auto presa. Xké ora c'è altro?

***

[Numero sconosciuto]:

Whyte Wyrm fra 30 min. C'è in ballo qualcosa, nn so cosa. Preparati.

Joaquin [Burner]:

👍

***

Jason:

Ultimo incarico x i Serpents. Poi sarà ttt a posto.

Polly:

No! Vorrei ke fosse ttt finito. Promettimi ke starai attento! C vediamo presto. T amo tanto.

Jason:

Avrò finito prima d quanto credi. Starò attento. T amo, e amo anke il bambino.

18

JUGHEAD

Sullo schermo un'enorme nave aliena grande come un quarto della luna era appena entrata nell'orbita della Terra. Come potrete immaginare, il pubblico non era propriamente tranquillo. Da un lato, per un osservatore casuale e razionale la cosa aveva perfettamente senso. Ma io non ero affatto casuale e razionale in quel momento.

"Mio padre, il re dei Serpents." Non c'era da stupirsi che la mamma se ne fosse andata, che lui continuasse a bere... e che Fred Andrews avesse dovuto licenziarlo.

Non sono uno stupido. So che tutto quello che è capitato a mio padre è successo per *colpa* sua. Per via delle sue scelte e del suo comportamento. Non era una vittima innocente.

No, non era affatto innocente. Ma era mio padre, e nonostante tutti i casini gli volevo ancora bene.

Quindi capirete perché per me l'idea di un'invasione aliena in quel momento era quasi allettante. Sarebbe stato un netto miglioramento rispetto alla mia situazione attuale.

Ero rimasto nascosto nella cabina di proiezione, non volevo dover interagire con la gente reale, ma per una volta quello spazio stretto e angusto mi sembrava esattamente stretto e angusto com'era. Perciò uscii a prendere un po' d'aria, ma mi ricordai subito del motivo per cui mi impegno sempre così tanto a evitare la gente il più possibile.

Il campo era strapieno. *Independence Day* in sé non aveva grandi attrattive, neanche come tributo ironico, ma del resto non c'erano tante alternative in termini di vita notturna a Riverdale. La "Serata Independence", la vigilia del quattro luglio al Twilight, era una sorta di tradizione, come lo sciroppo d'acero o le storie da campeggio su Sweetie, il mostro-serpente dello Sweetwater.

Alcuni sembravano divertirsi e rilassarsi sul serio. Nelle prime file scorsi Moose e Midge in macchina, con Kevin Keller sul sedile posteriore. Pare che avere un terzo incomodo non fosse un problema. Tutti e tre ridevano e lanciavano i popcorn verso lo schermo ogni volta che succedeva qualcosa di stucchevole, cioè praticamente ogni quattro secondi. Sapevo che sarebbe toccato a me ripulire, ma almeno qualcuno si stava divertendo sul serio.

Vicino al bar però si era formata una piccola folla. C'erano Josie, Val e Melody con le orecchie da Pussycats e le T-shirt con le maniche arrotolate. Josie faceva girare un telefono fra alcuni curiosi, fra cui Cheryl Blossom.

«Un nuovo tatuaggio? Ma la body art non è la ribellione del secolo scorso?» diceva Cheryl.

Josie si limitò ad alzare gli occhi al cielo, devo dargliene atto. Non avevo mai capito come facessero quelle due a essere amiche, ma in qualche modo sembrava funzionare. «Sbuffa finché ti pare, Cheryl, ma è quello che facciamo noi Pussycats: ci sfoghiamo la sera prima di un concerto. A volte questo comprende della body art, e Val ha trovato questo schizzo incredibile che è piaciuto a tutte.»

«Cos'è, il carattere cinese per "miao"?» ridacchiò Cheryl.

«La gelosia non ti si addice, cara» rispose Josie.

«E quindi com'è il resto del piano?» chiese timidamente Ethel Muggs.

«In parte è top secret» le disse Josie. «Ma lo sai che ci piace fare un po' di casino. E mandare un messaggio spaventoso ai membri della band di apertura, in modo che *sappiano* che li sbaraglieremo.»

«Come l'ultima volta, quando abbiamo riempito di graffiti la porta del posto dove facevano le prove…» cominciò a dire Melody, prima che Josie la zittisse con un'occhiataccia.

«E poi c'è stata la volta in cui avete sfidato *me* a una gara in macchina» disse Reggie, intromettendosi nella conversazione.

«E abbiamo vinto» commentò Josie con una smorfia.

«Volete il bis?» chiese lui.

«Hai già perso una volta contro di noi» rispose Josie. «I perdenti non fanno per me.»

Il viso di Reggie si irrigidì. «Sentite, è tutto il giorno che mi faccio il culo per voi, per cercare di organizzare un bel concerto! Meglio di qualsiasi cosa si trovi in questo paesino di merda. E tu non dimostri neanche un po' di gratitudine.»

«Non ti devo niente, Mantle» ribatté Josie, facendo un passo avanti. «Di certo non gratitudine per qualcosa che non ti ho mai chiesto di fare. Quante volte devo dirtelo? Non ci serve un manager.»

«Basta così, Reggie» disse Val, con un tono più moderato rispetto a Josie. «È ovvio che lo fai solo perché provi qualcosa per Josie.»

«Per Josie? Di che diavolo stai parlando?»

«E dai» rispose Val, sempre con un tono molto più gentile di quello che avrei usato io. «Non è che ci siamo dimenticate di quando hai fatto finta di avere una malattia terminale solo perché Josie venisse al ballo delle medie con te.»

«Eravamo in prima media!» sbottò Reggie. «E Josie c'entrava solo in parte. Volevo vedere se riuscivo a ingannarvi tutti. E a proposito... ci sono riuscito eccome. Non era stata Ethel ad aprire un sito di donazioni online per raccogliere fondi per le mie "cure"?» Sogghignò in direzione di Ethel, che arrossì e si ritrasse nel colletto della camicia.

«Solo un sociopatico farebbe una cosa del genere per puro divertimento!» esclamò Josie. «C'è da stupirsi che non ti voglia come manager... *né* come fidanzato?»

La mandibola di Reggie si irrigidì. Non pensavo che arrivasse a colpire una ragazza, ma dalla sua espressione non potevo esserne sicuro. Per quanto volessi restarne fuori, non potevo starmene in silenzio.

«Su, Reggie» dissi. «La gente è qui per il film. Rilassati. Non è il caso che tu vada fuori di testa se Josie vuole fare le cose da sé.»

«Zitto, sfigato!» gridò lui. «Chi ti ha chiesto niente?»

“Nessuno. Nessuno mi ha interpellato. Ma adoro cacciarmi nei guai”, pensai, allontanandomi dal gruppetto.

Cheryl sollevò una mano. «Reggie, le ragazze non hanno tempo per questo. Ma che ci crediate o no, questo piccolo melodramma non è il centro del mio universo stasera. Altrove, in questo esatto momento, sono in corso altre crisi che richiedono la mia attenzione. Perciò» si voltò verso Josie «care amiche e» lanciò un'occhiata a Reggie «compagni di scuola, vogliate scusarmi. Devo andare da un'altra parte.»

Marciò oltre la folla, con i suoi tipici stivali rossi che lasciavano una sorta di segno di avvertimento. Andò volutamente a urtare Polly Cooper, in fila per i popcorn con alcune delle sue amiche cheerleader. «Sparisci, diavolessa» sibilò Cheryl. «Jay-Jay finalmente si è liberato di te e credo che tutti noi meritiamo lo stesso privilegio.»

Polly scosse semplicemente la testa. «Provo l'ultima volta a chiamare Betty» disse alle sue amiche, per poi spostarsi in un punto meno rumoroso, più lontano dallo schermo. «Non preoccuparti di me e Jason» disse a Cheryl mentre si allontanava.

«Tranquilla, non mi preoccupo affatto!» le gridò dietro Cheryl, furiosa.

Dato che non restava nessuno su cui potesse sfogare la sua rabbia, si girò verso di me.

«Non hai un ponte sotto cui andare a frignare, troll?» mi aggredì. La ignorai, decidendo che era finalmente ora di tornare alla mia “accogliente” cabina di proiezione. C'era un motivo per il mio rifiuto totale per le altre persone, anche se ogni tanto me ne dimenticavo per un po'.

Mentre mi giravo per andarmene, tuttavia, Reggie mi abbrancò. Mi fece voltare affondandomi le unghie nella spalla. «La signora ti sta parlando, sfigato» disse.

«Grazie, ma non mi serve un traduttore» gli risposi. «Specialmente non una testa vuota che conosce appena l'inglese.»

«Non osare parlarmi così» ringhiò Reggie. Mi spintonò forte, spedendomi contro il bar. Ci fu una reazione frenetica e immediata – gente che gridava, quella scarica elettrica nell'aria prima che tutti escano di testa – ma i suoi cagnolini da salotto dei Bulldogs lo trattennero. «Non ne *vale* la pena» disse uno di loro, riferendosi a me. Non ne *valevo* la pena. Non mi offesi.

«Sei fortunato, Jones» gridò Reggie mentre io mi ricomponevo e tornavo alla cabina di proiezione.
"Certo. Fortunato."
È proprio l'aggettivo che avrei usato io.

C'era un telefono nella cabina di proiezione, un vecchio modello a disco che non avrei mai pensato che funzionasse, eppure andava. Non dovevamo usarlo se non per le emergenze, ma anche se quella non era *realmente, tecnicamente* un'emergenza, all'improvviso mi sembrava che tutto il mio mondo stesse implodendo.

Feci lentamente il numero. Lo sapevo a memoria, anche se era piuttosto nuovo. Il telefono squillò per quelli che mi parvero anni. Stavo quasi per riattaccare quando sentii il *clic* di qualcuno che rispondeva. Quel *clic*, in quel preciso momento... mi parve un'ancora di salvezza.

«Pronto?»

La voce di Jellybean sembrava diversa: più profonda, un po' più matura, anche se ovviamente non era possibile perché non era stata via tanto a lungo. Comunque mi sentii tremare la voce quando parlai, e mi sforzai di restare calmo e non darlo a vedere. «Ehi» dissi esitante. «Sono io.»

«Jughead!» Sembrava così felice di sentirmi che per un attimo compensò la montagna di merda che mi stava franando addosso dal momento in cui mi ero svegliato quella mattina. «Come stai?»

«Sto... bene.» Mi costrinsi a mentire. Non c'era bisogno che sapesse come andavano davvero le cose. «Che succede a Toledo, Jellybean?»

«Adesso mi faccio chiamare J.B.» rispose lei, indignata. «Jellybean è così infantile.»

Sorrisi fra me e me. «Ah sì?»

«La mamma non c'è» disse lei all'improvviso. «Tipo se volevi chiederle qualcosa di specifico. Ma puoi lasciarlo detto a me!» cinguettò. «Sono brava a trasmettere i messaggi.»

Vi manco? Tornerete a casa? Posso venire io da voi? Cosa dovrei fare con papà?

Cosa devo fare?

No, non avevo nessuna domanda specifica per mia madre.

Non avrebbe risolto la situazione per me, non poteva. Se avesse potuto, mi avrebbe portato con sé quando se n'era andata.

«Raccontami dei tuoi nuovi amici, J.B.» dissi. Mi appoggiai allo schienale della vecchia sedia traballante della cabina e la ascoltai blaterare le storie iperdettagliate tipiche dei bambini. Mentre lei parlava, osservai bene la cabina di proiezione: la struttura dello spazio, le prese elettriche, i mobili che si potevano spostare da un lato per far spazio a un sacco a pelo... se ce ne fosse stato bisogno.

Poteva funzionare, decisi.

Doveva per forza.

Avrei preparato un borsone e l'avrei portato lì quella sera, dopo il film, una volta che tutti se ne fossero andati. Dubitavo che qualcuno avrebbe capito cos'avevo intenzione di fare.

Per riuscirci, avrebbero innanzitutto dovuto prestare attenzione a me.

«Mi stai ascoltando, Juggie?»

«Certo, J.B.» la rassicurai. «Continua a parlare.»

Da: CBlossom@MapleFarm.net
A: HLodge@LodgeIndustries.net
Oggetto: Nessun oggetto

Mia cara, dopo tutto questo tempo, mi duole mandarti questa segnalazione – è giunta l'ora di tuo marito. Mi permetto di includere un link allo scoop che il "Times" pubblicherà fra pochi istanti.

Da: HLodge@LodgeIndustries.net
A: CBlossom@MapleFarm.net
Oggetto: Nessun oggetto

Prendo nota del tuo dispiacere, Clifford. Così come della tua lealtà, o meglio, della sua mancanza. Non fare l'errore di pensare neanche per un minuto che finisca qui. E non sottovalutare mio marito… né la sottoscritta.

Dovete stare via per un po'?
Qui da noi vi sentirete a casa.
Lasciate che ci prendiamo cura di voi con stile al

Pembrooke

Il Pembrooke, noto per l'impeccabile servizio, gli arredi senza tempo e l'attenzione ai dettagli, è una delle opzioni più chic fra le residenze della Contea di Rockland.

Potete scegliere tra una vasta gamma di pacchetti e prenotare la sistemazione ideale per il vostro soggiorno. I nostri appartamenti offrono ampi spazi, tutti i comfort e un tocco personale che li rende unici.

Cliccate su *ulteriori informazioni* e uno dei nostri addetti alle prenotazioni vi contatterà al più presto per fornirvi assistenza.

NOME DELL'OSPITE: Hermione Lodge
DATA PREVISTA PER L'ARRIVO: il prima possibile
DURATA PREVISTA DEL SOGGIORNO: da definire

19

VERONICA

Con mio più assoluto sconcerto (e umiliazione), l'assurda situazione da Barneys finì per prendermi tutto il pomeriggio. Dopo che fui scortata in una specie di inquietante sgabuzzino in stile stanza delle torture militari, ben tre guardie e una responsabile (Tamsin, che, va detto, non diventava affatto più simpatica con il passare del tempo) calarono su di me come locuste. Era incredibile, mi stavano trattando come una ladruncola quando, ironia della sorte, la cosa peggiore che avessi fatto da quando ero entrata nel negozio era stata *chiedere di comprare alcuni dei loro capi pagandoli con soldi veri.*

In tutta onestà, c'era da chiedersi come trattavano allora i criminali veri!

Comunque, passarono circa un'ora a rimproverarmi per il mio "atteggiamento" nei confronti dei dipendenti; immagino che la tirata sia durata più a lungo del normale perché a quanto pareva non mi mostravo abbastanza pentita.

(Ovvio che non lo fossi! Non c'era nulla di cui scusarsi! E io non sono certo il tipo che si lascia intimidire facilmente.)

Alla fine, immagino che Tamsin si fosse goduta abbastanza il suo gioco di potere (o magari in negozio era successo qualcosa di veramente urgente, una volta tanto?), così si degnarono di lasciarmi andare. Assicurai loro che gli avvocati di papà si sarebbero fatti vivi e loro si misero a ridere.

Non ricordo di essere mai stata trattata in modo così deplorevole in un negozio.

Insistetti per comprare l'abito di seta viola; non che meritassero il denaro che la mia famiglia si era guadagnata con il duro lavoro, ma a quel punto mi sembrava giusto portarmi a casa *qualcosa* di positivo da quell'esperienza orrenda. Avevo già dovuto mandare un messaggio a "Vogue" per avvisare che non sarei riuscita a passare con i capi per lo shooting.

(Erano stati insolitamente comprensivi, devo ammetterlo.)

E la cosa doveva finire lì.

Solo che non fu così.

«Mi dispiace, signorina Lodge, ma la carta è stata rifiutata» mi disse l'addetta alla cassa che aveva cercato di effettuare l'addebito. Teneva la mia American Excess nera per un angolo, come se fosse stata infetta o ricoperta di veleno.

«Non è possibile.» Quella carta aveva un massimale a sei cifre e nemmeno *io* ero riuscita a fare così tanti danni in quel mese. «Riprovi.»

Lei alzò gli occhi al soffitto e strisciò di nuovo la carta, aggressivamente, come se fosse stata tutta una messinscena a mio beneficio. Il registratore di cassa emise un sommesso *bip* di protesta. La commessa mi fece un sorrisetto. «Rifiutata.»

«Dev'esserci qualcosa che non va» sbottai, riprendendo la carta di scatto. Le diedi la mia Vista e poi la MasterClass.

Bip. Bip. Sorrisetto. Sorrisetto. «Mi dispiace, signorina Lodge.»

«Non dubito che sia così» sibilai, radunando le mie carte e infilando tutto nella mia borsa a secchiello Louis Vuitton.

«Quando tornerò – *se* tornerò – avrete di che pentirvi per il modo in cui mi avete trattata.»

«Le auguro una buona giornata» rispose lei impassibile.

Perciò mi ritrovai inaspettatamente ad arrivare a casa appena in tempo per fare un ingresso *fashionably late* al nostro stesso party, quello che avrei dovuto aiutare ad allestire. Avevo mandato un messaggio alla mamma per dirle che mi avevano trattenuta, ma lei non aveva risposto. Avevo pensato che fosse infuriatissima. E poi il telefono mi si era scaricato un attimo dopo che le avevo scritto, quindi non avevo potuto chiamare un'auto Uber o Lyft e non volevo rischiare che un taxi normale mi rifiutasse le carte di credito. Ero dovuta tornare a casa *a piedi*, e non avevo neanche potuto controllare il "Post".

Nigel, di guardia al cancello del cortile, mi fece un cenno rapido, appena appena educato. Sentendomi davvero giù di corda, marciai verso il nostro palazzo più fieramente che potei. Nella lobby Andre era stato sostituito da Christopher, visto che mi avevano trattenuta da Barneys *letteralmente per l'intera durata del suo turno.*

«Buonasera» gli dissi, cercando di sembrare più allegra di come mi sentivo. «Arrivo *fashionably late* al mio stesso party – vergognoso, lo so. Credi che possa cavarmela dicendo che volevo fare un'entrata a effetto?»

«Naturalmente, signorina Lodge» rispose Christopher, fissando un punto indefinito della sua scrivania.

«Era una battuta» spiegai, sentendomi di nuovo formicolare la pelle.

«Naturalmente, signorina Lodge» ripeté lui, in tono assolutamente neutro. «Ah.»

Fu il tentativo di risata più raggelante che avessi mai sentito, a parte quelli nei film di Stanley Kubrick.

Alla mia sinistra notai Nicola Mavis, che abitava al piano sotto di noi, intenta a prendere la posta. Indossava pantaloni palazzo, di seta, ma comunque casual, ed era scalza; cosa strana, considerando che normalmente veniva ai nostri party.

«Ci vediamo fra un po'?» le chiesi. A quanto pareva, l'avevo spaventata, visto che fece un salto.

Si voltò verso di me. «Oh» disse. «Veronica. Non... non sono ancora salita.»

«Nessun problema» sorrisi. «Neanch'io. Possiamo essere l'alibi l'una dell'altra.»

Stavo scherzando, ovviamente, ma la sua risposta fu tesissima.

«Sì» disse. «Arriverò presto.»

Ma non sembrava affatto convincente.

Presi l'ascensore per salire al nostro attico, preoccupatissima per quello che poteva aspettarmi lassù.

La prima cosa che notai quando le porte dell'ascensore si aprirono fu uno strano silenzio. Avevamo ingaggiato un trio jazz, e sì, in teoria doveva suonare una musica bassa che favorisse la conversazione, arrivasse a pochi decibel e fosse tranquilla, ma questa non era musica *tranquilla*. Non era *nulla*.

O meglio, quando entrai, con il cuore che mi rimbombava sempre più veloce nella gola, nell'intero foyer percepii un senso di agitazione sospesa. L'aria era greve, tesa, non spensierata come ci si aspetta da una grande festa. Gli ospiti erano radunati lì – c'era una delle eredi Vanderbilt in un abito Dolce & Gabbana con un corsetto che poteva a malapena permettersi con il suo fisico, poverina – ma se ne stavano tutti in silenzio, come se stessero trattenendo il fiato collettivamente.

Il mio piano era di infilarmi di nascosto in cucina e lungo il corridoio che portava alla zona della servitù, da cui potevo salire in camera mia senza farmi vedere per cambiarmi rapidamente. Ma non andò affatto così.

«*Mija*!» La voce di mio padre rimbombava, non tradiva nulla della bizzarra atmosfera. «Vieni qui, per favore.» Mi stava chiamando dal suo ufficio.

«Certo, papino.» Per motivi che non riuscii bene a spiegarmi, entrai camminando con cautela, come se ci fossero stati dei cavi che potevano innescare una bomba. Sì, gli ospiti erano lì, tutti radunati, ma se ne stavano immobili, sotto shock, congelati, quasi come diorami da museo: ce n'era uno che stringeva un bicchiere di Sancerre con la forza di un atleta olimpico, tanto che gli si erano sbiancate le nocche; poi un mini-sandwich all'aragosta sospeso a metà tra il piatto e la bocca aperta di un altro ospite, come se questo avesse dimenticato il piano iniziale di addentare il panino. E infine c'era il trio jazz, in formazione come al solito, di fianco al caminetto, con le porte a vetri aperte che lasciavano entrare l'aria estiva. Ma gli strumenti tacevano.

Anche i camerieri erano in posa come manichini, allineati lungo la parete più lontana del corridoio; con le camicie bianche e i pantaloni neri, sembravano l'esercito meglio vestito e più passivo del mondo.

Avevo gli occhi di tutti addosso mentre entravo nell'ufficio di papà. C'erano Cam, Nick e Annie, e anche i loro volti erano imperscrutabili, carichi di emozioni in conflitto che non riuscii a decifrare sul momento.

«Papà» dissi, cercando di mantenere la voce salda, «è tutto

stranissimo là fuori, è successo qualcosa? Mi sono persa qualche notizia importante mentre ero fuori? Magari qualcosa sul "Post"? E poi devo raccontarti del modo orrendo in cui mi hanno trattata da Barneys. È stato...»

Mi bloccai.

Lasciai cadere la borsa, che mi rimbalzò sulle scarpe a punta aperta. Avrei dovuto provare dolore, o almeno impallidire, ma ero talmente sconvolta da ciò che mi si parava davanti agli occhi che non battei nemmeno le palpebre.

Se le altre stanze erano affollate, anche se da ospiti di cera che mormoravano sottovoce, qui l'aria era elettrica. C'erano mille persone in piedi, tutti agenti in divisa. NYPD, la polizia; SEC, l'ente di controllo della Borsa... e tante altre sigle che mi facevano girare la testa.

L'ufficio stesso era stato completamente rivoltato. Cassetti tirati fuori dai mobili, svuotati dei contenuti e rovesciati a terra in mezzo a milioni di fogli. Cartelline sparse su ogni superficie disponibile. Un cestino rivelatore che dietro la rete metallica mostrava i resti di qualcosa che era stato passato nel tritadocumenti. Probabilmente da poco.

«Cosa succede?» chiesi, anche se la vocina nella mia mente mi diceva *esattamente* cosa stava succedendo. Avrei dovuto sapere che un giorno sarebbe capitato, se solo mi fossi preoccupata di fare attenzione ai segnali, di ammettere la fallibilità della mia stessa famiglia.

«Non dica una parola.» Era Roger Glassman, l'avvocato principale di papà. Quindi era lì. E stava dicendo a papà di non dire nulla, neanche a me, sua figlia.

Non c'era da stupirsi che quelli di Barneys pensassero che mio padre e i suoi avvocati potessero essere "già molto occupati".

Né che le mie carte di credito fossero state rifiutate.

Sì, mi ero decisamente persa una notizia dell'ultim'ora. O anche sei o sette. E qualche centinaio di segnali ovvi.

Per anni erano girate voci su dei possibili affari loschi di papà. Non le avevo mai ascoltate, naturalmente. Non succedeva a *tutti* gli uomini d'affari di successo di essere accusati di frode prima o poi? Era il prezzo del successo: un bersaglio sulla schiena. "La maggior parte dei re viene decapitata." E per papà alla fine era arrivata la ghigliottina. Tutti i suoi amici e colleghi erano lì per un ultimo, macabro saluto. Per godersi la sua rovina, grati per avere schivato la pallottola stavolta.

«Signorina Veronica Lodge?» mi chiese uno degli agenti, avvicinandosi.

Lanciai un'occhiata a Glassman, che annuì. «Sì.»

«Suo padre dovrà rispondere di accuse molto gravi. Abbiamo un mandato di perquisizione dell'appartamento e presumibilmente quando avremo finito lo arresteremo.» Aveva uno sguardo più gentile di quello che mi aspettavo, come se gli dispiacesse trascinarmi in quella faccenda. «Meglio che aspetti nel corridoio o in un'altra stanza finché non finiamo.»

«Fai come dice, *mija*» ordinò mia madre. Le rughe sulla fronte le si erano fatte più profonde.

«Mamma...»

«Ascoltalo» ripeté lei, in tono più dolce, ma comunque fermo.

Volevo essere coraggiosa, forte e orgogliosa, il tipo di persona in grado di affrontare la folla in attesa, gli avvoltoi appollaiati in soggiorno. Ma immagino di non essere davvero così, almeno non quando la situazione si fa seria. Perché quando uscii dall'ufficio scappai immediatamente verso il presunto rifugio sicuro e privato della mia camera.

Solo che la stanza non era affatto privata e vuota. I miei amici si erano riuniti lì: Annie, Cam, Nick... Gli occhi mi si riempirono di lacrime e il cuore di gratitudine. Grazie al cielo esistevano gli amici, altrimenti quel momento sarebbe stato davvero intollerabile.

«Ragazzi» dissi, senza fiato, «è pazzesco laggiù. Stanno controllando tutti gli archivi di mio padre, cercando... non so neanche cosa! Dicono» feci una pausa per impedire a una lacrima di uscire «che lo arresteranno.»

Mi lasciai cadere sul letto a baldacchino. In realtà volevo solo raggomitolarmi e lasciare che mia madre mi rincalzasse le coperte e mi massaggiasse la schiena, assicurandomi che sarebbe andato tutto bene, anche se tutti i segnali dicevano che non sarebbe stato affatto così. «Grazie» dissi, dal profondo del cuore, «per essere venuti qui. Per non esservene andati. Per essere rimasti al mio fianco.» Deglutii. «Siete dei veri amici.»

Ci fu una lunga pausa. Per quanto fossimo legati, sapevo che quei ragazzi non erano abituati a manifestazioni d'affetto così sincere da Veronica Lodge. Magari ero stata troppo diretta, troppo onesta?

Ma poi cominciò: prima una risatina sommessa proprio da Nick St Clair, lo stesso che soltanto quella mattina mi aveva giurato amore eterno. Poi si aggiunse Annie, con una risata stridente come quella di una iena o di qualche altro animale selvatico. Ultima, ma non per importanza, arrivò Cam, la ragazza a cui pensavo di essere più legata – sicuramente la mia migliore amica, dopo Katie – che si piegò in avanti, ridendo così forte che dovette asciugarsi le lacrime agli angoli degli occhi.

Mi tirai su a sedere, rigidissima sul letto. «Cosa succede?» Anche se, a dire la verità, lo sapevo. Lo sapevo benissimo.

«Credevi che fossimo qui perché siamo tuoi amici, Ronnie?» chiese Cam, facendosi venire un altro attacco di riso isterico. «*Ma figurati.*»

«Sapevate che sarebbe successo.» Non era una domanda.

«Lo sapevano *tutti*. I nostri genitori ne parlano da settimane. Immagino che i tuoi abbiano cercato di nascondertelo. E ci sono riusciti.» Cam sembrava maledettamente soddisfatta.

«L'unico motivo per cui siamo venuti stasera è perché volevamo goderci il massacro in prima fila» aggiunse Nick.

Era la mia testa che vorticava oppure la stanza? Certo, papà giocava pesante, e sì, aveva dei nemici, ma questo? Quelli che pensavo fossero i miei amici erano letteralmente venuti a vedermi soffrire? «E... quella roba di stamattina, Nick?» chiesi, sentendomi attorcigliare lo stomaco al solo ricordo.

«Oh, sì!» Gli si illuminarono gli occhi. «Era solo un piccolo extra che abbiamo preparato per assicurarci che fossi» fece il gesto di uno chef soddisfatto «cotta a puntino.»

«Sei malato» gli dissi. «Non c'è da stupirsi che non ti abbia mai trovato attraente.»

«Oh, piantala, Ronnie» disse Annie. «Non ti importava di Nick perché eri troppo impegnata a farti tutti i ragazzi che interessavano a noi. Perché sei proprio *una grande amica*.»

La fissai, respirando affannosamente. «Come se fosse colpa mia se nessun ragazzo si prende una roba da mercatino quando può avere Prada. Datti una bella occhiata allo specchio...»

«E tu datti una bella occhiata nell'*anima, Ronnie-bella*» sbottò Cam. «Oh, no, aspetta... non ce l'hai! Tale padre, tale figlia.»

Annie mi si parò davanti, così vicino che riuscii a sentire l'odore delle Tic Tac all'arancia che doveva aver mangiato mentre aspettava che tornassi a casa. «È dalla dannatissima prima elementare che terrorizzi la nostra scuola. Credi di essere intoccabile, sei convinta che facciamo quello che vuoi perché ti adoriamo. In realtà tutti ti *odiano*, Ronnie. Ti meriti ogni singola cosa che ti sta capitando. Tuo padre è il peggior truffatore dopo Bernie Madoff, e adesso è giunta la sua rovina. E non c'è un cavolo di modo in cui tu e tua madre possiate uscirne indenni.»

Cam si piazzò di fianco a lei. «*Il karma è uno stronzo, Veronica*» cantilenò sottovoce. «Ma mai quanto te.»

Uscirono tutti e tre insieme, tenendosi per mano come bambini al parco giochi, continuando a ridere.

Come annunciato, portarono via papà quella sera. Gli ospiti erano stati finalmente accompagnati alla porta, anche se avevamo dovuto chiedere l'aiuto del riluttante Christopher per far svuotare il salone. Sembrava dispiaciuto per noi, per la faccenda in cui io e la mamma eravamo state trascinate.

Ma non più di tanto.

Una volta che l'appartamento fu vuoto, la mamma si tolse finalmente i tacchi. Ancora con il vestito della festa, si lasciò cadere sul divano del salotto con un bicchiere bello pieno di vino in mano. Tirò fuori delle pilloline bianche da una scatolina che aveva preso dalla tasca e le mandò giù con l'alcol. Persino io capii che non era un buon segno.

Finalmente potei accoccolarmi in braccio a lei. Mi accarezzò i capelli e non si lamentò neppure del fatto che le stavo sicuramente macchiando il vestito bianco con l'illuminante che avevo sulle guance. Dire che era l'ultimo dei nostri problemi era… l'eufemismo supremo.

«Quando tornerà?» chiesi, con la voce che mi tremava.

«Non lo so, *mija*» ammise la mamma. «Quelli che l'hanno portato via gli davano la caccia da un pezzo.»

«Ma… è innocente, vero? Per forza. Quello che ha detto Cam… non può essere vero.»

La mamma non disse nulla. Sentivo il suo petto che si gonfiava e si abbassava con il respiro. Odorava di fresia e tuberosa, il suo profumo preferito. Non sarei mai più riuscita ad associare quell'aroma con un senso di sicurezza, o forse sì?

«E adesso cosa facciamo?» chiesi.

«Be'» rispose lei lentamente «tutti i nostri beni sono sotto sequestro, almeno temporaneamente. Il che significa che il nostro budget è... fortemente compromesso.»

«Siamo al verde.»

«Non proprio. Non per gli standard della maggior parte della gente. Ma dovremo cambiare un po'... stile di vita.»

Mi raddrizzai, preoccupata. «Tipo?»

«Be', per cominciare, questo appartamento. Le spese sono pazzesche. Sono molto rigidi sul subaffitto, ma probabilmente posso ottenere una deroga speciale. Che tu ci creda o no, ho ancora qualche amico nel consiglio d'amministrazione.»

«Subaffitto? E noi allora dove andiamo? Negli Hampton? Nella casa al lago?» Non era l'ideale, ma non era neanche il modo peggiore di passare l'estate, in fondo.

Ma la mamma scosse la testa. «Vorrei che potessimo, *mija*. Ma fanno parte dei beni a cui non possiamo accedere finché tuo padre non viene liberato.»

«Finché non lo dichiarano innocente.»

«Liberato» insistette lei, rifiutandosi di cedere di un millimetro. «In un modo o nell'altro.»

«Allora dove andremo?» Avevamo dei parenti, ovviamente, un'enorme famiglia allargata, ma dubitavo che la mamma volesse bussare alla loro porta nel nostro momento più buio. Era una questione di orgoglio.

«Be'» disse la mamma, posando il bicchiere. «In realtà ho già organizzato tutto. Ho pensato che fosse bene essere preparati.»

«Lo sapevi! Sapevi che sarebbe successo e me l'hai nascosto.»

«Stavo cercando di proteggerti» rispose lei. «Ero preoccupata, ma speravo ancora che tutto si risolvesse per il meglio. Che non si arrivasse a questo.»

«Credo di poter capire perché l'hai fatto» dissi, intrecciando le dita con le sue. «Allora, come ti sei organizzata?»

«Ti ricordi la cittadina in cui sono cresciuta?»

«Uh, solo qualcosina. Quel piccolo incrocio tra un dipinto di Norman Rockwell e Brigadoon... aspetta... sciroppo d'acero, milkshake e musica doo-wop, giusto?»

La mamma rise. «Più o meno. Ma c'è molto altro.»

«Uhm, senza offesa, ma non sembra che ci sia tanto di più.»

«Non è così male» mi assicurò. «Lo vedrai.»

«A nord, giusto? River Vale?»

«Sì, lungo la ferrovia Metro North. River*dale*.»

«Va bene, okay» sbuffai, cercando di prenderla bene. Non era facile. «Allora metto in valigia le gonne con i barboncini e i calzettoni alle ginocchia.»

La mamma mi strinse forte. «Fai i bagagli in fretta, *mija*» disse. «Partiamo domani.»

Care lettrici, vi ricordate di Veronica Lodge, la presunta erede del Lupo di Wall Street Hiram Lodge, della Lodge Industries? Non vi dice nulla? I retroscena del mondo della finanza non sono il vostro gusto di pettegolezzi preferito?

Vi garantiamo che conoscete comunque Ronnie. L'avete vista mandare baci volanti a Rihanna nelle foto del Met Gala dell'anno scorso. A quanto si dice, sta anche collaborando con le gemelle Olsen per realizzare una collezione di borse in pelle vegana.

Per l'élite sociale di New York, un invito al party del quattro luglio dei Lodge è come un biglietto d'oro. Eravamo prontissimi a farvi un reportage completo. Ma quest'anno l'atmosfera... come dire, si è scaldata un po' troppo.

La povera principessina è arrivata alla sua stessa festa giusto in tempo per vedere il paparino portato via dagli agenti federali. Se avete voglia di un po' di sana *Schadenfreude*, potete leggere il resoconto completo dell'arresto **qui**.

La Lodge Industries non ha ancora rilasciato alcuna dichiarazione.

L'unica cosa che possiamo dire è che non c'è fumo senza arrosto. E questa piccola diva è stata rosolata alla perfezione.

–Cleo T. per "Hello Giggles"

20

ARCHIE

Per essere uno che si autodefinisce un ragazzo semplice, avevo un bel po' di pensieri che mi vorticavano in testa mentre preparavo lo zaino per andare da Geraldine: io e papà che non eravamo sinceri l'uno con l'altro, io e Jug che ci eravamo allontanati, il fatto che adesso che avevo scoperto la musica stavo prendendo le distanze dai Bulldogs e da tutto quello che una volta mi definiva.

Il fatto che avevo una storia con la mia insegnante di musica e non potevo dirlo a nessuno.

«Non portare troppa roba» mi aveva detto lei la prima volta che avevamo parlato di dormire accampati per una notte. «Non ci servirà molto.» Ed ero sicuro che avesse ragione, ma ero così agitato che mi accorsi appena di quello che buttavo nello zaino: una T-shirt, dei calzini puliti. Una torcia, una borraccia. Non ero Dilton Doiley, non mi serviva un intero kit di sopravvivenza.

In tutta onestà, mi mancava Betty.

Non le avrei potuto parlare di Geraldine, sapevo che non avrebbe approvato la cosa; Betty era una così brava ragazza che non avrebbe mai accettato che qualcuno infrangesse le regole in quel modo. Però *volevo* dirglielo. Oppure non so, anche solo parlare con lei di qualsiasi cosa. O di niente. Fare quattro chiacchiere come facevamo sempre prima che lei partisse per Los Angeles.

Guardai d'istinto verso la finestra della sua camera. C'era la luce accesa, cosa che mi spiazzò. Una chioma bionda cercava qualcosa nella cassettiera, aprendo e chiudendo i cassetti e scuotendo la testa. Per un attimo pensai di avere le allucinazioni. Ma poi mi resi conto che era la bionda sbagliata. Era Polly, non Betty, che rovistava nella cassettiera.

Bussai sulla mia finestra, il nostro vecchio codice per attirare l'attenzione dell'altro, molto prima che avessimo i cellulari. Polly alzò gli occhi, anche se quel gesto ovviamente era mio e di Betty. Aprì la finestra e mi fece segno di fare lo stesso.

«Che succede?» chiesi.

Lei si guardò furtivamente alle spalle, come se non volesse che qualcuno in casa la sentisse. «Hai parlato con Betty di recente?»

Scossi la testa. «No, in realtà non ci siamo sentiti molto da quando è partita per L.A.» Era la seconda volta che lo ammettevo quel giorno, eppure mi sembrava comunque un pugno allo stomaco. «E tu?»

«È tutto il giorno che la cerco» disse lei, e per un attimo mi parve di scorgere il panico nei suoi occhi. «Volevo... uhm... be', lasciarle un biglietto, ma non voglio... sai, la mamma fruga tra le nostre cose...»

«Un biglietto? Su cosa?» Polly si stava comportando in modo abbastanza strano da farmi preoccupare un po'.

Sul viso le balenò un'espressione, come se avesse preso in considerazione qualcosa e poi avesse cambiato idea. «Non importa, lasciamo perdere. Tutto a posto» disse. «Io... uhm, continuo a provare a chiamarla.»

«Sicura?» Perché tutti avevamo così tanti segreti? E quale sarebbe stato il prezzo della gelosia con cui li custodivamo?

«Sì. Solo... be', se la senti, o meglio, quando la senti, dille che l'ho cercata.»

«È probabile che la senta prima tu» dissi. Ma Polly sembrava così... non so, triste, e spaventata per qualcosa. Aggiunsi: «Ma sì, certo».

«Fantastico.» Fece un sospiro e la fronte le si distese. Qualunque cosa ci fosse in ballo, ero riuscito a dire la cosa giusta.

E poi, da in fondo alla strada, sentii il segnale: i tre colpetti di clacson che indicavano che Geraldine mi stava aspettando, in un punto in ombra dove papà non poteva vedermi.

Era ora di andare.

Geraldine conosceva una radura non troppo distante da Striker's Cove, ma completamente riparata. Disse che un cerchio di olmi era cresciuto appena oltre la riva e aveva creato un rifugio segreto. Non fu troppo difficile orientarci, nemmeno al buio. Ci tenemmo stretti per la vita.

«Come hanno fatto gli alberi a crescere così?» chiesi. «È pazzesco. Sembra una roba da film horror.»

«Dov'è il tuo romanticismo?» chiese Geraldine. «La natura ci ha regalato una vera e propria casa fra gli alberi. Letteralmente.»

Srotolò dei materassini e ci stese sopra una coperta. Valutammo se montare la tenda, ma decidemmo che non ci serviva. Era bello poter stare sdraiati a guardare i rami che disegnavano un intreccio nel cielo. Le stelle facevano capolino a grappoli irregolari.

«È bellissimo qui» disse Geraldine, posandomi la testa sul petto.

«Sì. Mi fa venir voglia di scrivere una canzone.» Forse era un cliché, o magari una frase da sfigato, ma era vera.

«Ho portato la mia chitarra» rispose lei. «Ma non credo che dovremmo suonarla, se non vogliamo farci trovare. I suoni si trasmettono nell'aria e mi hai detto che gli scout sono da queste parti.»

«No, hai ragione.» Mi girai sul fianco, in modo da guardarla in faccia, e le passai le dita fra i capelli. «Non importa.»

«Sono sicura che riusciremo a trovare qualche altro modo per passare il tempo» disse lei.

E poi non parlammo più molto.

Non so fino a che ora restammo svegli, totalmente rapiti l'uno dall'altra. C'erano le stelle nel cielo, ma poi l'oscurità cominciò a calare. In qualche momento dovevamo esserci addormentati. Quando mi svegliai, mi accorsi di due cose che mi fecero spaventare.

Innanzitutto, il mio telefono indicava cinque chiamate perse. Una era di Reggie che blaterava qualcosa sulla fedeltà ai Bulldogs. Le altre però erano tutte di Jughead. Merda. Non solo avevo detto a mio padre che sarei stato con Jughead, ma l'avevo detto anche a *Jughead*.

Provai un senso di vuoto allo stomaco. Ero un pessimo amico.

Poi mi resi conto della seconda cosa, in modo rapido, netto e dolorosamente innegabile. Mi tirai su a sedere, nel panico, e mi accorsi che Geraldine stava facendo lo stesso.

Arrivammo insieme a capire cosa ci aveva svegliato. Non era stata l'alba, né gli squilli di tromba di Dilton Doiley. Era stato un suono diverso: inconfondibile e impossibile da ignorare. Un rumore che non avrei mai dimenticato.

Uno sparo.

EPILOGO

JUGHEAD

La nostra è la storia di una città, una piccola città. E delle persone che in quella città ci abitano, che incrociano i rispettivi cammini come palline da flipper impazzite.

Vista da lontano, si presenta come tante altre identiche cittadine sparse nel mondo: sicura, ordinata, innocente. Ma appena ti avvicini, cominci a intravedere delle ombre nascoste sotto la superficie.

Riverdale: la città con brio! Ma ogni piccola cittadina ha i suoi segreti.

Una delle storie di Riverdale – di molti di noi a Riverdale – raggiunse il clou la notte prima del quattro luglio, quando gli eventi finirono per convergere in catastrofici punti di flessione da cui non ci saremmo mai ripresi, Betty, Archie, Veronica e io; senza saperlo, eravamo tutti a un punto di svolta.

A noi sembrò che fosse la fine di qualcosa.

Ma per una persona in particolare, fu la fine davvero. Quella da cui non c'è ritorno.

L'ultima persona per cui ci aspettavamo che il destino avesse in serbo una cosa del genere.

E quindi, come tutte le storie che si rispettano, anche la nostra – la storia di Riverdale, con le miriadi di tentacoli che ci trascinarono dentro e fuori dalle orbite gli uni degli altri, in apparenza senza che ne fossimo coscienti, men che meno che lo volessimo – la nostra storia divenne circolare. Quella che per noi era la fine portò a una nuova storia, a un nuovo inizio.

Questa storia comincia con ciò che i gemelli Blossom fecero il quattro luglio.

Sorta da poco l'alba, Jason e Cheryl si recarono in macchina allo

Sweetwater River per un giro in barca di prima mattina, la loro tradizione.

Ciò che di certo accadde poi fu che Dilton Doiley, alla guida del gruppo scout di Riverdale durante un'escursione per lo studio dell'avifauna, si imbatté in Cheryl sulla riva del fiume. Era bagnata fradicia, piangeva e chiamava Jason. Ma lui se n'era andato. Era caduto dalla barca cercando di recuperare il guanto che le era caduto, spiegò Cheryl. La teoria era che si fosse fatto prendere dal panico e fosse annegato.

La polizia di Riverdale dragò lo Sweetwater River alla ricerca del corpo di Jason, ma non riuscì a trovarlo.

Così, una settimana dopo, la famiglia Blossom seppellì una bara vuota e la morte di Jason fu archiviata come incidente.

Ovviamente Jason era il capitano di tutte le squadre sportive della Riverdale High, compresa la pallanuoto. E durante le vacanze estive lavorava come bagnino al country club. La cosa faceva venire dei dubbi sull'annegamento accidentale. Ma nessuno faceva troppe domande; i Blossom erano come rose velenose nel giardino di Riverdale e nessuno voleva pungersi con quelle spine fatali.

Ben presto la Tragedia del Quattro Luglio sarebbe diventata un'altra leggenda metropolitana, una storia che avremmo rigurgitato all'infinito come monito. Finché, o a meno che, non fossero spuntati nuovi particolari illuminanti.

Ogni piccola cittadina ha i suoi segreti. Ne avevamo anche noi quattro. Credevamo di averli chiusi nelle nostre casseforti mentali private, ben inscatolati per lasciarceli alle spalle. Ma non sapevamo che era impossibile riuscirci.

Presto la stessa Veronica sarebbe scesa a Riverdale, dando vita a un nuovo mistero, una nuova serie di leggende, speculazioni e storie bisbigliate.

Esiste un'idea di Riverdale: del tipo di cittadina che è, del genere di famiglie che ci abitano. Una nozione che resta immutata e immutabile, come racchiusa in una capsula del tempo. Ma quello è solo un aspetto della città, e solo la superficie.

La verità è che, se volete davvero *capire che genere di luogo è Riverdale, devo raccontarvi dell'oscurità. Della città* sotto *la città. Devo dirvi ogni cosa.*

Dobbiamo farlo tutti. Dobbiamo confessare la verità.

È ora.

Mondadori Libri S.p.A.

Questo volume è stato stampato
presso ELCOGRAF S.p.A.
Stabilimento - Cles (TN)

Stampato in Italia - Printed in Italy